草根叙事

Grass-roots Narrative

陈永国 —— 著

山东文艺出版社

图书在版编目（CIP）数据

草根叙事 / 陈永国著. —济南：山东文艺出版社，2022.5
  ISBN 978-7-5329-6596-0

Ⅰ.①草… Ⅱ.①陈… Ⅲ.①诗集—中国—当代 ②散文集—中国—当代 Ⅳ.①I217.2

中国版本图书馆 CIP 数据核字（2022）第 063597 号

草根叙事
CAOGEN XUSHI

陈永国　著

主管单位　山东出版传媒股份有限公司
出版发行　山东文艺出版社
社　　址　山东省济南市英雄山路 189 号
邮　　编　250002
网　　址　www.sdwypress.com

读者服务　0531-82098776（总编室）
　　　　　　0531-82098775（市场营销部）
电子邮箱　sdwy@sdpress.com.cn

印　　刷　山东顺心文化发展有限公司
开　　本　880 毫米 ×1240 毫米　1/32
印　　张　9
字　　数　90 千
版　　次　2022 年 5 月第 1 版
印　　次　2022 年 5 月第 1 次印刷
书　　号　ISBN 978-7-5329-6596-0
定　　价　79.00 元

版权专有，侵权必究。如有图书质量问题，请与出版社联系调换。

序　诗

我生于草根　复归于草根
正如草　归于土　复生于土
假如　借济慈的夜莺
我舒展快乐清亮的歌喉
抒发胸中淤积的郁闷
假如　借雪莱的含羞草
我给正午喘息饥渴的牝鹿
以牡鹿热烈的午夜的吻
又假如　借拜伦仍有记忆的
翱翔的精灵　用它掩面的暗笑
我俯视这世界的卑微和渺小
那么　我便会在枯死的树根
干涸的溪水　凝固的血液中
催动绿色的波澜　用穿石的力
或悲怆的秋乐　击打未醒的沉梦
用叶片做成的琴键　拨动
宇宙桀骜不驯的游魂

让岁月的重负　随着风的号角
逃离泰科诺乐济（Technology）的樊笼
打碎伊第奥乐齐（Ideology）的禁锢
把涂满色彩的旋律和语句
刺透天空浅涉浮光的水草
送给躲在石头缝里的蜥蜴
让有限的一丝阳光照射
被绿树繁花遮蔽的野菊
也让它眼中淡黄发散的光辉
寄托与寒风互凝的柔情
我歌　我思　我在
我歌体内血液的沉默
我思脑中灵魂的萎缩
我歌只为我不思
我思只为我不在
一棵小草　源于根
又源于土　粒粒宁静的泥
在原野　在郊外　在路边的小溪
给觉醒的草族湿润蓬松的气息
连同压倒群芳的野草的馨蜜

目 录

草根研究 …………………… **001**
关于死亡的思考 …………… **115**
尚未消失的记忆 …………… **157**

草根研究

1

山海苍凉　有草焉

有草　有木　人生焉

万物之中　唯草木回环

生生岁岁　唯草有心念

换得此生花开

换得彼岸浪漫

阡陌丛生　枯荣相伴

我歌一棱小草

不为千古诗句

不为后世虚名

只为它的一点青涩

或为它的一片苦叶

更为它馈赠生命的小径

那是一年中最快乐的季节

春的来临　春的结束

在生与死的更替中

我和它　在梦中　在幻境

清晨醒来　知迷途

梦中的苦

回味的酸楚

任其蔓延

根茎　块茎　鳞茎

纵向　横向　无向

还有身体　速度　运动

地北　天南

沙漠　草原

田埂　海边

小草和我　我和小草

还有瞬间的感觉

倾心的一刻

只一梭　只一夜

在梦中　在幻境

因为夜色的温柔

还有那温柔的残留

2

五岳焚香炉

雾海罩三山

黄白火绒催人老

石砾雪线崖边悬

我看见它　巍然屹立

嘴角微微翘起

一丝甜　也有一股倔气

阳光照上来

擦去雾的印迹

涂掉远古的余晖

白色缠绕着紫薇

抚浮我的面颊

阻隔我的视线

却又顷刻离我远去

化一缕轻烟

重击我的心坎

不由自主地

我挺起无力的茎干

那般柔顺　那般缱绻

还有那涩涩的羞

遮掩着蓬勃的巨澜

唯心中一丝怅惘

回眼　望着光对雾的眷恋

旌风未动　唯小草

根拔挺　叶葱青

掀开轻柔的眼帘

更觉芳华芊芊

3

春夏之交　在波士顿
在剑桥的查尔斯河边
一行行并非情人的
却又亲密胶着的脚步
在迈进真理之门的瞬间
在并非创建了哈佛的
哈佛的塑像前　VERIVAS
我只离地铁车站几码远
孤寂飘零　无墓碑的墓地
我和你　一簇小草　陪伴着
那些久已完全躺平的英灵
我们聆听那些善意的大佬的
恶意的谎言　或者
关于那些大佬的虚假的
真实的谎言　god of lies
或　lord of the flies　那条红线

the uncommon commons

自然的　人工的　绿色草地上的缠绵

我看着你　那般孱弱　那般舒缓

在民主的艳阳下　我仰望另一片

自由的沧田　在木屋里

在诗的湖畔　深夜的窃窃私语

唤起了熟睡的灵魂　还有远处

樵夫的歌声　伴着星星跳荡的湖面

天亮了　清晨古刹里的第一缕香烟

那推迟了太久太久的凝望

把女神托起的尚未点燃的火炬

点燃　我们一起追寻的仙缘

4

法兰西的春天

那年　塞纳河畔

旅人脚步的牵绊

咖啡　情侣翩跹　Left Bank

存在哲学和第二性

男人　女人　不了情

我和你　小草和我

携手走进法兰西的墓园

卢浮宫的魅影

艺术桥的同心圆

历史泥泞的宿怨

凯旋门上烟云飞卷

凯尔特人留下的芽须

雾月十八日的旌旗招展

怡然自得　在现代性的瓦砾间

享受剑客侠士的浪漫

却也能得闲

不忘时空的延缓

在草与草之间

在人与草之间

在敲钟人与吉普赛女之间

在镜的映像与灯的幻影间

在战神粉红色的暗影里

结下了注定难为善果的孽缘

时光荏苒　沧海桑田

那薰衣草的味道

依旧透过蓝天　伴着越洋琴声

心心念念　撒下遐思片片

5

又一个春夏之交

在巴黎　在新索邦

在法兰西高师的旧园

在德勒兹的课堂

在福柯的纪念花园

领略了杂草旁生的世纪

一梭梭　一簇簇　一片片

在不确定性的牧场上

呈块茎性蔓延

却也又深置其根

步步为营　占据了

世界的那一角

扰乱了自然的秩序

却又是自然的允许

打碎了思的平衡

却又是诗的正义

在芸芸浮萍之中
在红与黑的调配中
虽被冠名恶性
而在我心中
却又是静洁得透明
那般清幽　那般隽秀
在寸草难生的地方
独显心的赤诚

6

盛夏的没有阳光的日子里
在伦敦　从弗吉尼亚的客厅里
望出去　布鲁姆兹伯里花园
文人墨客无聊的阔论高谈
在三一学院的石路中间
一只熟睡的刺猬被一个好心人
拨到我脚边　那般刺痛
却也宁息了我心底的悬
那一片神圣　Oxbridge
那一阵喧哗　Hyde Park
还有被游行队伍驱散了的鸽群
Trafalgar　不见了　曾经的小草
再会了　神圣湖畔的水仙花
不落的日头落下了　何日再升起
Non ridere non lugere
neque detestari

也不要研究　只让昨日的黄昏
装点明日的清晨　今天是白天
漫长有如暗夜　我抬起腿
在硌脚的石路上　听到
牛津街车胎的爆炸声
一个女人拖着一个醉鬼
霓虹灯灭了　镜子里照见街头的
流浪汉　很远很远的地方
哀婉的蓝调传来　剧院　圆顶
母亲河上的漫步　还有
被河流冲刷过的泥土

7

生命的泥
远离那片沙地
顺着河底　驶向小溪
在平原的水渠边
在沙漠的绿带间
在山川的幻影前
不见乔木　不见松林
不见牛犁　不见瓦砾
唯一梭小草
叶不美　果不仁
吮露　吸水　只为生存
明暗　爱恨　不离不弃
依附水汽肥热的大地
保持稳均足适的土泥
那便是万物的根基
真与不真　于我何求

爱与不爱　缘我何由

我歌以哭　哭天地静穆

我哭以歌　歌万世空候

我何以与你为仇

我何以与你为友

时也　境也

青烟绕指细柔

更别有一番清秀

梭梭淡味　抹一把

去不复来的夜愁

唯小草体香泥秀

紫薇烟宵　待春留

8

天淡云高的黄昏
我张开焦急的双臂
迎接夜幕的永不降临
盼望着
在荒野消失的刹那
留一兒绿园清韵
伴着声声窸窣
或是轻叶的摩挲
或是柔枝的舒展
挺直的树干婆娑婀娜
我却泪波如光潋滟
惶惶兮洒进梭梭的根
怎奈光合迟来囿苑
盼苦尽黄昏长夜至
酣梦缠绵梦中人
遂视觉模糊　味觉惨淡

终不能孤芳一赏

也愿梦百草争春

虽不能纵览宇宙

却也略 know myself

唯青蕴莘莘　露垂罗兰

我睡睡于深幽远谷

我醒醒自满月酣眠

留得一身消瘦

更待来日锦簇花团

觉后窃知梦幻

呵　这最令人恐惧的

醒睡过渡的瞬间

我站在迅疾的船上

凝望着

远去的不动的岸边

9

清晨　昨日的疲倦随夜晚

消逝　露珠浇在脸上　身上

渗入脚底　我精神抖擞

炯炯有神　目接目送脚步踵踵

不再有轻移无复的金莲

不再有六孔登云的木屐

不再有尖头翘起的凤头

也不再有顶湿笠破的赤足

我看到

轻盈矫健的耐克

引领潮流的阿迪达斯

周年纪念推出的足力健

还有新款　CHERIE SOPHIA

MADELEINE CLARKS

双双对对　插肩而过　目中无我

沉重　匆忙　快捷　穿行

近我而来　远我而去
脚步　人生百态
步履　万种风情
冬去春来　红尘过客
兽走禽飞　物非人去
唯我独守片片沃土
延绵生息　缀卧苍茫
宇宙天地洪荒
谁道小草苍凉

10

我望天　天离我太远
只感觉它的空间延展
无垠的域　空旷　却也拥挤
我躲进被遗弃的银河
或天际的一隅
或浮云的缝隙
偶尔也在人类的摆设中
爽一时之兴　占一芥之地
但终将逃不脱恶草的命运
那粗壮的　长满了老茧的
没有丝毫温情的手
强行把我与孱弱的同族剥离
就连生命的泥
也抖落干净　让我在绝望中
等待烈日的睥睨
而参天大树　比比矗立

誉之为遮阴　挡雨　无上荣光
毋宁说假大而高之名堂皇地
占据属于我的每一寸土地
以严厉监管的自我膨胀
把自然雅致的荒芜屏蔽
我　小草　虽然渺小　贫穷
也绝不会如此贪婪　卑鄙

11

我望地　地也那么辽远
地平线本就被压得很低
就好比水底的鱼
即使浮到水面　广袤如海
也只方圆十米
几波涟漪　几点雨滴
几片绿　几片白
几片红叶飘下
几颗白果击打
几个刚刚掘出的螃蟹洞
几只贪吃的蜜罐蚁
呵　这无心的大地
我为你繁衍生息　绒花铺地
我为你增色添彩　花红草绿
你却如此与我博弈
粉红色睡莲下追尾的鱼

仅为游人投下的一点薄情
一丝怜悯　一己之娱
争得你死我活　让灵魂窒息
油盐酱醋酒未备
烹炸何急　水域　陆地
生是悲苦　活是地狱
遗忘是思想的沉寂
唯落花踏尽　青青怨处
山中流泉闻鸟啼

12

好不容易　费尽心机
我来到巷里　却羊触藩篱
终日人声鼎沸
机器轰鸣　喇叭声声
婴儿哭　老婆闹　情人大口笑
有人用鼻子说话
有人用拳头吼叫
有人步履风骚
有人翘臀扭腰
唯不见脚下风月
更不识花草窈窕
桃李芙蓉　雪中芭蕉
花气薰人禅破
玉碗盛满玄妙
哀哉　呜呼　宇宙万法
诗人浪漫　英雄妖娆

却换得　花落烟尘
树陨荒郊　烟囱林立
柏油路上洪水咆哮
风雨中现代性飘摇
更有　山风不仁古城孤
渭河八水不忍睹
而我　岸芷汀兰一簇
空落得　倚门回首
酸涩苦楚　单薄寂寥
盼秋水春树　燕归巢

13

于是　我来到旷野
杳无人的踪迹
不见卵石与暗礁
不见树林与田畦
只有飓风漫卷
黄沙激荡　偶尔
才会在烟缝间看见
海市蜃楼留下的废墟
远古墓穴留下的残迹
寥寥老鸦半空悲鸣盘旋
几只黄雀头顶灰砂污泥
那是我唯一的伴侣
也是我生命的喘息
荒漠的滴滴露珠
梭梭树和治沙的奇迹
在八步沙尘的日子里

我们携手共治无序

我们不顾沉沙折戟

时而有自然的恶意

时而有人类的丢弃

损毁了天道的常理

干扰了荒漠的孤寂

我们气喘吁吁

藏匿于冷寂的丛林里

或畏缩在最小的砾石边

在干涸的湖边眺望

等待着永不到来的雨

14

那是一个无风的黄昏
我躲在梭梭草的叶下
触碰到脚下的石子
感觉到了死亡
如期而至的死亡
随时降临的死亡
不可转让也不可避免的死亡
那沽名钓誉的死亡的法人
既熟悉又陌生
既遥远又临近
镌刻着不可替代的姓名
我生　如上面遮盖我的梭梭草
我死　如脚下没有生命的石砾
抑或　我死　是因为我活着
我睡　是因为我曾经醒过
岁月的无尽　留下了沧桑

因为我感到活的有限
死的迫切　亡的匆忙
这恰恰又是活的必然
一如脚下的石子
一如头上的蒿蓬
如果生就在死与睡之间
那为何不时刻铺好毯子
智慧的人不纠缠死的尘念
而唯只沉浸于
不被死亡惊醒的酣眠

15

哈问　活下去还是不活
叔说　活百年不过是诱惑
歌者德馨　谓死者最好从未活过
加缪不谬　说人生就是一条苦河
在普劳图斯　人对人是狼
而在萨特　人对人是地狱
每日　每时　每刻
日子像浮云掠过
一道阴影把光明切割
每年　每季　每月
生命像闪电袭来
一道光明把黑暗区隔
昨天　生活许诺给我许多
今天　生活没有选择承诺
昨天　生活慷慨地给我一切
今天　生活把它们全部吞没

平日里万般算计
雨来了烂泥一抹
生命是一张照额支付的账单
价值是结账时才悟出的贵贱
地为根　天为叶　生命终了
人不过是一棵烧焦了的残树
世间的店铺永远都入不敷出
终生的努力不过是在偿付
出生时就无意欠下的债务
而子辈背负债务的额度
取决于父辈贪欲的程度
我说　人终究不堪比作草芥
贫穷　劳作　奋斗　灾病　悲苦
是死亡最终为之加冕的幸福

16

记忆中久久不能释怀的事
生命中常常无能撑起的轻
一个少雨　干燥　近乎断水
的多情而空古余恨的人
我想起那年的夏末秋初
几天的小雨绵绵
大地松软　苍天惨淡
生物的细小和脆软
尽数夭折　香消宫苑
我亲眼目睹生命的亵渎
我亲耳听到悲戚的诉怨
突然间　在几近模糊的视线内
一位孱弱陌生的女子
弯下纤细熟悉的腰
伸出无力却准确的手
拾起一棵棵呼叫的生命

轻轻放入路边夭夭的草
我被陡然震动　想起
另一个初秋的清晨
在南国绿苑的水泥路上
在行人不长眼的脚下
一连串清脆的声响
随去的是本该被拾起的
弱小的自然的生命
在游园的欢声笑语中
我泪流满面　默然祷告
何不有更多的悲悯的手
还有那手的无尽的柔情
像那孱弱的女子
温暖这大地的冰冷

17

雨　落在蓬松不整的草叶上
晶莹剔透　轻盈绵延
像豆粒　像弹珠　更像是
纤巧缥缈的瀑布
遮掩着山谷的阴郁
湿漉漉的不透气的身体
一丝不挂　叶子尖上
悬垂一滴晶体　或是晶体的
叠印　胸有成竹的嫩芽
从那里冒出　还有光秃的
僵硬通红的无叶的枝条
透出一股腐朽的学术的污秽
下凹的一洼无知的清水
顺着草叶流向茎干
又顺势流进生命的泥里
在发出汩汩声的刹那

四处飞溅　姿态　韵味

鸣响　扩张　急缩

我和一棵小草

太阳隐去又重现

呵　这深耕细作的大千

秋深了　未及来的冬雪

编织着水面的波纹

天鹅坚守着　欢快的蹼足

拨弄着水下的黑暗　那忘却的

永远不要触及的梦魇般的黑暗

今晨逝去的　今晚还会再来

雨　滴向干裂的昏昏然的嘴唇

只等在微笑中亲吻花的蕊蜜

同时送走骑着金雀花的瘟疫

不再忍受这腐朽不堪的藩篱

18

在一个凡人不得见的山巅
我们的灵魂偶然相遇
我和你　一梭小草
无法察觉的萌动
就像一个女孩对一个男孩
沉默从无记忆的昏睡中苏醒
智慧从对自然无意识的疏忽中
瞥见了一花一草的心迹
了解到比花儿更美的草族
在浩瀚的植物的世界
我遇到了你　唯此一簇
仿佛达尔文遇到了化石林
让我看到了破晓时分的色调
让我闻到了日月星辰的气息
你躯体的呢喃　你叶片的犀利
还有你呼之欲出的生命的物语

一棱小草　我遇到了你　之后
蝴蝶扶着受伤的翅膀走了
蜜蜂只留下一丝怅惘的酸意
悻悻地逃进了谷底的花海
鸟儿也拖着疲倦的双翼　扑棱着
去捕捉悬浮在山腰里的风影
陡然地　不讲情面的不咸不淡的水
隔开了我和你　顺着浇筑的沟渠
去填充无底的唯金是图的贪欲
而你和我　仿佛牛郎和织女
在欲河的两岸遥望　相见无期

19

从那时起　我们就不幸地
隔于酸涩的遥遥无期的藩篱
非必须　不弃　不离
法兰西　巴黎　马蜂蜇了心底
一只鸟死在了林中空地
信息摄取了它的灵魂
数据切开了它的肉体
而我还在等待
用我的永生永世
用我最后的纯真和勇气
最后的恐惧　最后的唯一
在隆冬之夜　我带着厌倦
踽踽而行　盛夏的正午
我肩扛着烈日　在路上
在清晨　在城里　在乡下
心悬万念　目极千里

我寻找幸运和机遇

我积聚力量和智力

疯狂大摇大摆地向我走来

愤怒向烈火一样扑入胸怀

棺椁已经打开　我躺进去

无所畏惧　无所顾忌

梦想　幻想　心的距离

彻底躺平　大好的青青世界

一棱小草　我和你

20

又一个白雪皑皑的冬季
河边　山顶　洼地
梭梭草盛着美丽的雪衣
面色饥黄　四肢乏力
深陷的眼窝泪水囤积
抑或　寒冬正是地狱的一季
而对我　则是绝地反击
愤怒　绝望　冷遇
通通忘记　愚蠢至极的仁慈
又在上演一出荒诞剧
我等待　等待春天的繁花怒放
顺便给梭梭草带来一线生机
等待冰雪融化　鱼翔浅底
也好溢出些许　滋润青青世界
生命的小船飘摇　载着故乡的泥
鼓起死亡的勇气　和不合时宜的

技艺　或久已被遗忘的过去
开启驶向拜占庭的猎犬之旅
海边的那条荣誉小径　有仁慈
有鄙视　有惋惜　冲着自己
冲着非自己　生命之火在质疑
心在咆哮　噩梦无时不袭击
幻影重重的火巢　我嘶声呼唤
梭梭草　千万不要停息
荆棘丛中或许能找到
起死回生的救火的良机

21

火就是火　又何以为 feu
燎原之势　无草何以火
既然身体　又为何求之以理
既然心有所属　又何所为疑
在记忆中　一切都若即若离
在怀疑中　一切都不合实际
知识归于分析
智性检验真理
实践不容半点疏离
我为何接受哲学的邀请
我为何行使理性的猜疑
在荒野之境
在孤独之余
去沉思事物的立场
去编织生命的碎语
我何以不徒步冰雪之峰

我何以不浴足洼塘之泥

麦克白和苏格拉底

疯狂和智力　阴谋和悲戚

不幸的灵魂终归净化的结局

青草一簇　轮回万里

火巢中不醒的沉迷

22

醒来　昨夜星辰尽逝
光亮袭人　不留半点夜的痕迹
激荡的无波的水面上
只漂浮着宗教的神秘
泥泞的小路边
平躺着无数哲学家的尸体
还有伪造者饕餮后的残迹
我看到路边草棵里
多了几只蚂蚁
匆忙地爬上爬下
秃头顶着一句句学术呓语
被捣碎的蜂巢下
剩下几丝蜂的碎翼
粗体写着一个个理论主义
一只老鸦在树尖上眺望
嘴里不停地哼唧着希腊伦理

一条蠕虫顶着残露

躲在草根下喘息　盘算着

跟上去　还是不跟

这又是一个存亡的问题

太阳升上来

蝴蝶成双来去

在花蕊中翩跹振翼

而我　在默守宇宙的静中

一点一点抖去夜的忧郁

在暖阳的沐浴中

左顾右盼这静中的动

这世事的纷扰

这全然恶化的功名物欲

这仍然无法冶炼的黑铁

这永恒的动静之域

23

风还是来了
雨却迟到得太多
饥渴中　我珍惜瞬间的闪逝
每一次内心的微动
每一步踉跄的迈动
都牵挂远方的一棵小草
它是否也在承受我的饥渴
它是否听说我行路的蹉跎
那久不消逝的回味
那刻骨铭心的伤痛
还有那永不完结的悲歌
伴随着
尘世与乐园的欢乐
天堂与地狱的结合
艺术与自然的媾通
文学与物欲的同流

梦幻中你牵绊着我
龙树下一对玉兔
千年孽缘把永恒倾诉
风中的枯草昂首高歌
唯一滴泪雨洒过
ALL IS VANITY
梦无色

24

我是谁　我是什么

Who und Que

我认识自己吗

我从哪儿来　朝哪儿去

我要掏出肺腑

可肺腑是什么

一棵草　一束花

一垄庄稼　一捧泥沙

一个术语　一个无父的娃

我不是参天大树

但我在你的庇荫之下

我不是蓝的天　白的云

但我仰视蓝白的奢华

我只知道我一无所知

不堪与哲学家空话

我甚至不知道我存在

因为人本不存在

我是白天　因为我从夜里走过

我是尸骨　因为无数只

同样无知的脚在我身上踏过

我感觉　我思考

我吃饭　我睡觉

我战斗　我逃跑

但我本不存在

我存在

只为思念一棵小草

我存在

只为那草的窈窕

25

茅屋为秋风所破
却不见秋风来
花间独酒一壶
唯不见空中月明
灯下独听虫唱
仍不见果落叶动
我宁做茅屋
为秋风破
我愿替虫鸣
只求草动
更愿壶中孤酒洒天去
化一轮明月照江河
即便暗香疏影
难敌我一草一芥
即便玉艳冰姿
不能占尽满园花色

更有梭梭依依

原上离离　枯荣岁岁

野火春风又绿

人老树枯我生

何惧哉

万物万古

离散消尽我复来

26

一片林荫地

几座教学楼

进来　出去

长袍锦绣　流苏纶巾

罩一身清秀　画一幅宏图

满腹经纶需大展

梭梭荒漠造酒醇

怎奈得黄沙血水　污泥秽垢

天才尸骨葬学术

智慧无缘展宏图

唯见　白痴得意狰狞

阉人本色尽逞

伪善替代真诚

学问黄粱一梦

而我　一梭小草

原本低微种族

虽葳蕤于山川　蓬勃于池沼

却也一身麻风　天寒地冷

墙头雨细　就连

蚱蜢也避我三分

在林间空地

在荨麻与瓦砾之间

在老大妈夜总会的街头

我聆听耶稣的教诲

佛陀的警示　还有

苏格拉底的智慧

我衡量肉体和灵魂的权重

频频诉诸临终的圣训

这科学的穹隆玉宇

这学术的阶级新贵

圣灵近在咫尺

蚯蚓泥中畅泳

我却依旧踽踽独行

27

从遥远的海吹来的风
穿过药山的林
我在水中咀嚼酒的药味
醺醺迷迷　恐惧鞭挞我的魂
疯狂不怀好意地苦苦觅寻
再度置我于红与黑的
污泥秽土　于烈火中
我欲换取春的再生
在晚秋干涸的黄昏
圣贤们放一把火
燃烧　燃烧　我在弥漫的火焰中
背负欲火的重负　以及
茫然无所见却并不被见的无名
在路人的脚下　在牛羊的唾液中
大火中一面明镜　我闭上眼睛
还是不见　我睁开眼睛

来了　不见的死者的魂灵

泛起一道白烟　从殡仪馆的

烟囱里喷薄　随风飘散

勾起了我的问题

人死后魂归何处

答曰　如同那烟

我不信上帝　我不寄望来生

死亡就在当下　良知就是生命

我心惊胆战　唯不害怕

岁岁的浴火重生

火极度愚蠢

火让我重生

28

童年的绿草地

熟悉的开叉小径

通往开满格桑花的山坡

还有梦中走过的转厅

午夜鼓楼的钟声

星星伴着月的通明

在来的去路上

我遇到无数哲学家的游魂

赤身裸体　抱着巨大的

草莓　红红的　红红的草莓

颇似被阉人斋祭的文学

或被愚蠢玷污的学问

那瞬间的感觉　极乐的体会

却也闻到狐臭味

呵　博斯　你的人间天堂

火巢　以及泥土里的沉睡

我的根　携带着草莓的种子
承受无法承受的焦烤
从紫红色的荆棘中走过
枯瘦如柴的身躯
被压垮的畸形的高倍近视镜
呵　这来自地狱的天堂
抑或是下流酒吧的歌星
具具骷髅白骨迈动轻盈的舞步
法兰西　英格兰　骷髅地
谁在哭泣　谁在燔祭
真正的思者不再隐退
参加巴金笔下虚伪的葬礼
裹挟着号啕大哭的青青草的
被遮蔽　奥斯曼迭斯的图书馆
历代思想的烦冗的清晰

29

我不需要知道我是谁
我该是谁就是谁
我何必强求我所不是
我何必强为我所不为
我何必如此多忧善虑
我何必如此饶恕宽慰
人本爱自己　胜过爱别人
虚伪的利他主义
无非是爱上了
别人身上不属于别人的自己
真诚的利己主义
无非是敞开了
爱自己胜过爱别人的心扉
不要伤心　陌生的阿波罗
相识　不过是陌生的变体
陌生　不过是熟识的前提

人运动　错过无数陌生的面孔
草静止　覆盖运动不止的大地
我宁愿消失在千叶一面的草丛
隐藏起凸骨嶙峋的一人千面
也不愿在层层叠嶂的凹镜背后
滚动瀑布遮蔽的无明
挪动一根根骨节嶙峋的手指
剧烈地抖动着　吃力地
搜寻　般般污迹的残存
在失意的键盘上
书写空虚的伤痛
或用古老的英雄之笔　描绘
维纳斯裸露的肉欲之滨

30

我喜欢文字　因为我要书写
我喜欢书写　因为我要表白
童年的幼稚　连同与幼稚联手的
麻雀　蚯蚓　花蛇　蜜蜂　飞燕
聚集在清晨脆嫩的薄雾下
吮吸村姑在榛叶上留下的乳汁
八点钟我离开土坯茅屋
来到青草环绕的小二心湖
岸边沉默馨香的小榆树
不远处歪扭着落魄的老柞木
丫窝里一只秃了头的啄木鸟
仰起脖颈顺下一汪矿泉水
正午的阳光唤醒了酣睡的水乡
林中的小溪静悄悄地击打着
不被树荫遮挡的生命的泥
我仍在哭　因为我仍不能吮吸

湖心的一点嫩绿　或岸边
露伴青石上的一撮苔藓
我要写出这藁藁宇宙的美
更愿意泼洒这炎炎烈日下的
淼淼青波　黄昏浓彩挥毫的印象
斜阳涂抹新诗的旧词古意
唯有这文字的世界
远离那嗡嗡盈利的喧闹的
贪婪的蠓虫小蝇的世界
呵　那些蝇营狗苟的学者
那些本来清白无瑕的贪官
那些失去自由后获得解脱的污吏
还有那些本不该发生的零容忍
处女干净的床单上尽情描画着
肉体与灵魂的扭曲和偏离
啊　宇宙之初　人性正轨
童年的依稀的空想的山岗
WHERE AND WHEN AND HOW
TO RESUME

31

物之间本没有缝隙

生命之间也不疏离

只因哲学家边观察边沉思的散步

或理论家只散步而不沉思的观察

把丑与美　恶与善分离

也便有了青松和桃李

野草和贱草　玫瑰和月季

就仿佛荒野与文明

荒野的边际是文明的滥觞

文明的滥觞是荒野的开场

森林退去　荒野裸露

冰川断裂　大海咆哮

在锯木厂与纽扣厂之间

是烤焦了的黄草地

在乡村与城市之间

是拾荒者未废弃而得归的丘壑

我爬行在城市林立的烟囱间

寻找廉价小酒店的一叶青莲

穿过泥塘　溪水　麦浪

我看到梦想家成就的乐园

灰色的建筑　灰色的景观

芸芸众生步履沉缓

身影模糊眼神暗淡

苏格兰　英格兰　爱尔兰

把巴黎变成巴比伦的奥斯曼

一旦道路没了转弯

林荫便取代了森林的景观

城市由住地变为符号

破败的篱笆和郊区的荒蛮

满载着故事的土路曲折蜿蜒

也便是一棱小草求生的家园

32

我喜欢树木　更喜欢春榆和白榆
在无人陪伴的羞涩的日子里
聆听大榆树下关于小草的故事
多纹的树皮浸透老树的年轮
命运的坎坷引来岁月的蹉跎
疏密的叶子分配短暂的日落
秃透的枝条清理路上的污浊
传说中　榆树带来厄运
于是与死亡结缘　就连其木
也因其质硬而制成棺椁
埋于地下　令地表因死亡变相
我与榆树共享灌木篱墙
横向生长　坚韧寿长
即使做成桌椅板凳
生命之息徜徉　直至宇宙绝荒
小草和榆树　榆树和小草

救人类于危难　赐福祉于大千
我仰望树顶　阳光乘隙而入
照我身上　绿波荡漾
叶子随风摇响昔日的韶光
纯真　坚忍　不显不彰
一个身体　在无数身体之间
一个客体　随无数客体启航
梦幻　想象　大白鲨　北冰洋
我唯思念榆钱的粥汤
在那特殊的时间轨道上
正是榆钱储存了我活着的希望
让我在暗夜坚守着月亮的安详

33

在诗语的灌木丛中
我不喜欢动词
我唯只描述　表达立场
一种不通往物外的
不经由键盘也不经由思考的
纯粹的物的立场
我唯只表白　黑色的艳丽
红色的浪漫　黄色的高贵
粉色的轻浮　绿色的彷徨
我喜欢白色　因宇宙本无色
正如时间本不存在
空间本不分隔
诗人的无谓的漫步　哲学家的
思考着的胡扯　还有黑透了的
红草莓　从树上噗噗落下的
杏子　或尚未成熟就被无知者

摘走的桃子　在通往果市的路上
承受着畸形同伴的暴力挤压
柏油路上的颠簸吵嚷
喷云吐雾的餐桌上
色彩搭配的缤纷
诗的词的本能的组合
顷刻间化为人的文明的泄物
留下的只有一种　只有一种
无人　即便君主　也难能变换花样的
用偷人的伎俩觊觎饱嗅的
一股味道　唯此一股
无论贫富　无论贵贱

34

在多如繁星的物语中

源于尽头的已无几所剩

而我　只是一棵存在着的小草

人类用以制造牙慧的一棵苗

我喜欢润土　如同蜗牛

搬运　吞食　排泄　唯有泥土

那是我的一切

失去泥土　我将失去贞操

裸露　甚至不能像蜗牛

缩回甲壳　隐居沟渠

以及人类的肠道

我与蜗牛

喜欢润土　喜欢湿度

干燥永远是天敌

湿润　肥沃　土地坚实

多汁　多乳　如同果蔬

像蜗牛　在湿地上爬行
吮吸汁乳　钻入潮土
在湿润处尽享灵的幸福
蜗牛和我　我们并不孤独
它是绿叶的情郎
拖着甲壳拥抱大地
高傲睿智　跳着曼舞
以丰盈的几近疯狂的身姿
让人的世界折服
那片湿润的沃土

35

我不喜欢万里无云的晴空
我也不喜欢乌云压顶的阴沉
我喜欢夜光中飞速穿行的流云
我更喜欢春雨下落时的厚重
雨　从初春的月下簌簌滴下
纷纷扬扬　击打着饥渴的尘土
瞬间汇成温柔的水流
滋润干燥不毛的荒芜
唤醒久旱饥渴的草蒲　这时
你会听到草儿发出的呻吟
看到雨滴在叶子上溅起的炼乳
草儿从昏厥中醒来
叶子下静静地趴着绿蛙
凝视着水与土和合时的抽搐
像胎中的娃偷窥父母的情
干燥的沟渠洒满了白色的乳

春天来了　雨来了　湿润
把生命带给了命悬一线的茎
竹子枯黄的杆又绿了
大地爆发出一股巨大的力
蝴蝶破茧飞出　以动的方式
装点她那本不缺乏美的世界
又宛如那些多余的花瓣
在雨后的轻风中飘浮

36

森林里　我尚且不是更低
更低的是土地
比土地更低的是水
我看不到水从何处来
从我的角度　小草的角度
多半是从高处
而那是水的坠落
同时也是水的升腾
能高能低　能伸能屈
展现自身独有的品格
白色　令世界缤纷多彩
清凉　令人类清醒理性
柔顺　日久能滴水穿石
卑微　也享有至高君威
水之上善　始于坠落
在其任物以方圆

在其润物以循环
在其刚柔并济
在其迂回舒缓
水去而复来
水从不忘记

37

我　一棵小草
也尚且　抑或　从不忘记
秋去春来　周而复始
水赋予我不朽的记忆
犹如雾气缭绕的山峰
在无人能及的视点
横眉冷视苍茫葱茏的大地
河水弯弯　青灯盏盏
朝霞初升　落日唱晚
看尽了
花团锦簇　残杨败柳
鱼鸟共栖　龙虎争席
呵　人啊　人
你这英雄创造的世界
你这英雄谱写的历史
在大量的被未知中

虽然有各类锦绣花族

却无我这卑微草属

虽然天空澄澈碧蓝

却也时时乌云密布

对于我　一切都在固定中

固定促成了欲望

固定成就了深刻

固定提供了完美的偶然

固定完成了永恒的和合碳酸

弦乐中最短的音律

规定着音乐的边界

颤抖的沉默的宇宙之音

拨动着熙熙融融的绿叶

为你歌唱　为你哀婉　呵

这个被固定的无限域的世界

38

树是固定的
小草是固定的
植物是固定的
但却不以静止的方式
不以规定的同一方向
向世界敞开　向宇宙敞开
向美丑善恶的对立敞开
树常常脱离地面很远
以其孤高　傲慢　愚昧
迎来远处聒噪的鸦
招惹振聋发聩的风
时时搅扰大地的安宁
就像咆哮的野兽
躁动　狂野　杀戮
却也笨拙愚蠢　忍受寒暑的律动
小草机警睿智地匍匐于地面

规定着万物的地平线
衡量着森林无尽的深度
开启雄鹰搏击日月的翱翔
穷尽草原极目阔达的辽远
承载蜻蜓柔弱轻盈的翅膀
扩展　延伸　绿色的波浪
黄色的涌动　以块茎的方式
拥抱自然不动的变迁
按响宇宙躁动的琴键
舒展永不装扮的艳丽叶片
绽放闲散诚实的梦幻花瓣
在森林　在田野　在山岗
在城市　在乡村　在海底
她在固定的不动的动中
把地球静止的表面装点

39

漫漫长夜
我在静寂中守灵
这一片巨大的墓地
不时响起人类轰鸣的鼾声
如雷贯顶　我的叶片颤抖
我的根茎摇动　黑暗
静谧　夜的可怕的孤独
唯这鼾声　像军营的号角
催促不眠的小草
让草下的虫族机警
防范随时乘虚而入的寒冷
丛林　月光　呼啸而过的铃声
哪怕最轻微的动静
都会惊动这些沉睡的魂灵
亵渎他们亲手建造
却又不十分赞同的文明

一棵苹果树　一株不老松
一两只跳来跳去的松鼠
一两窝勤劳勇敢的蜜蜂
他们渺小如我
却对无以计数的生命
报以神秘礼仪般的尊重
真挚的爱　心底的情
理解的深透　牢固的结盟
在熙熙攘攘的路边
在墓园的一个角落
在远处不算陡峭的山坡
无时无刻不在寻找机会
逃离时刻都在迫近的人类
回返原始的蛮荒
连同那肆无忌惮的本性

40

在缺乏理解的冷漠中
在只有活与不活的二元中
小草连接大海与陆地
服服帖帖　任由人类
在沙滩上挪来挪去
也填补水陆间的空隙
表达一个个开放朴实的思想
用炽烈的信仰　满怀的崇敬
热情四溢的奴性
以及狗一样的忠诚
在物与物隔绝的海岸
衔接远古就已建立的物盟
以全部的智慧　充沛的活力
寸步不离地培养外来的惯习
时而也把鸡鸭鹅狗　虎豹狼虫
变成活灵活现的石器

在不被认识的国度里
忍受表面美好的连理
用三段论　假设　逻辑
解决充满悖论的难题
谎言不断戳穿
梦想逐个疏离
龋齿的人造物
套上科学的光环
以超越万物的道德伦理
以不敢直面视听的拙劣演技
一种最具精神性的残余
建构大海与陆地间的飞地
唯独小草　仍在独孤的陪伴下
在暂且尚存的幸运的神殿里
恪守远不可及的真理

41

一个毫不令人害羞的角落
我无意中见到了
最害羞的含羞草
它之所以害羞
是因其知其所羞
它之所以含羞
是因其知其不丑
虽然文弱清秀
仍觉株细叶散
虽然少女纯情
却也张合开闭
它害怕外物触碰
拒绝外来污染
它不如玫瑰娇艳
亦不比百合俗丽
而在时光的缝隙里

在嫩绿的叶子上　它伴着光影
跳跃　闪烁　令岁月生香
用褪尽尘世浮华的沧桑
展现青莲寂然的温良
曼妙的风景　岁月的蛮荒
内心的淡定　外表的苍茫
尽在这一丑一羞的张合之间
呵　你这娇羞的含羞草
我不愿给你哪怕轻轻的触碰
只愿你留得一丝脉脉的羞情
在感官的梦中聆听　除"夕"后的
柔和的麦浪的涛声

42

最后一个冬日的午夜
幽寂的灵光缓缓洒下
草地上覆盖着厚厚的雪
还有末冬的冷　动物的焦灼
一只松鼠窜来窜去
时而轻轻地从我头顶越过
时而重重地砸在我的胸口
尽管我浑身麻木　昏昏沉沉
那重量仍把我震醒
我睁开冻僵了的眼　看到
冬日的白变了模样
就像我曾经娇嫩的绿
现已是一片脆脆的黄
等待着黎明前春的气息
再度赋予我节日的盛装
懒惰的喜鹊也勤快起来

雪地上没有留下印迹
无法掩藏的草籽早已啄光
或许会有松鼠的些微遗漏
或许该保存活力　别再蹦来跳去
思考鸟在新春的存在的意义
它为何不肯安于雀巢的温暖
非要在雪地里遭受冷的袭击
为何不像鱼类水底安享冬眠
却要在冰封的大地寻寻觅觅
要不然就像鼹鼠筑窝掏洞
或像人类修建穹隆玉宇
抑或把根深埋于地底
等待生命的再次临济
我凝视那缓缓的春之光的闪烁
仍不知如何驱逐午夜的焦灼

43

花草在冬日里败落
也许这恰恰是
接受哲学的邀请的良机
我是花还是草
这是问题　形而上的问题
马鞭草　梭梭草　风铃草
鼠尾草　红豆草　小米草
她们仅仅是草吗
雪莲花　荠菜花　罂粟花
银莲花　蓝铃花　金凤花
她们仅仅是花吗
花与草　草与花
人类习惯归花草为一类
虽然界定花为草属
却也因了花之貌美
忘记其草属　正如他们自己

只知痴恋花之娇艳

而无知自身丑陋之本体

只怜悯寒风里花之怏怏病态

竟不知那枯蒿的叶　憔悴的杆

恰恰哺育着花之游魂

待等大病初愈　春华秋实

她们复又以特有的质朴

以不求任何回报的大度

装点自然界萦回的阡陌小路

以深情的吻　呢喃的爱

以枯黄竹叶下覆盖的嫩绿

向人类表达非人类的情怀

不管人类是否感激　珍爱

无视　遗忘　或不留情面地

将其折断　任脚下踩

她们都静静地守候属于自己的

那一份荣光　以一抹本真的

淡淡的忧伤　凝望

这被践踏的炎凉物态

44

一朵花　一叶草　一只蝴蝶
一个鸟窝　一瓣贝壳　一颗果核
园子里稍露狂态的园艺工
花圃里略显固执的种花者
激情赋予每一元素以意义
疯狂让小物蕴含着大道理
谁不知小麦花花期最短
却提供沉甸甸的生命的食粮
谁不晓一滴水微不足道
而滴滴汇聚却成大海汪洋
人类倾心于稻谷的产量
借喻黄金形容稻谷的金黄
却无视那金黄哺育的人的欲望
那载歌载舞的丰收景象
那一己私欲的满足和奖赏
换来的唯有

天堂久久关闭后的人之城

大自然对人类的深切失望

在想象中沉睡的忧郁的月光

让人倍感脆弱的花草的忧伤

美丽山乡久已在心底荒芜

侈谈的美的感知已不知去向

唯见落日的大海　黄昏的高山

却不见海底绵延不绝的海藻

唯见云海之巅苍松巍然挺立

却不见花草铺卷缠绵翠绿间

诗人说　没有花草　山将不高

没有海藻　海将不宽

她们成就了宇宙洪荒的细小

她们铸就了爱意和友谊的天桥

她们哺育了人类独有的语言

她们表达了生命中弥足珍贵的微笑

没有花草　幸福就无异于

山水画中的虚无缥缈

45

万里晴空　烈日当头
火蛇不顾一切地扑来
多亏给大地膜面的花草
大地得以保持肥沃
不被流失　不被焦灼
呵　一梭小草
你以勇敢的身躯挡住了
外来紫气的喷射
倾盆如注的洒脱
暗无天日的遮蔽
烈泣鬼神的冰河
晨来　你餐风饮露
晚来　你铺地裸卧
暗夜　你吸入底物
白昼　你碳水和合
农场　墓地　花园

草叶　树胶　露珠
破晓时分的沉静
八九点钟的憨笑
正午艳阳下的喧闹
薄暮倾辉中的蝉聊
这万年不老的故事
或许会折于人工的制造

46

于是　我放弃了重　选择了轻
轻松的脚步　轻松的心情
轻松的翅膀拍打轻松的光影
盛夏　南国的园子里
地旷人稀　只留下我
还有既不熟悉也不陌生的身影
我望着远去的学子
轻抚这片稍觉寂寞的处子地
伴着逝去的梦想
怀着新结的恋情
听着远山的呼唤
凝望蓝天和白云
突然间我听到人类的手
折断龙眼树的枝条
同时又感觉人类的脚
用力在我身上踩跳

顿时我明白

南国北土　东疆西域

只要有人的地方

就有杀戮　就有残暴

就不会有人抬脚

放过我这棵自然生的草

他们花费人力物力

把培植的草摆置在楼前屋后

用金冠银牌遮蔽

他们自身的丑

呵　这一派丑陋的美景啊

藏匿了亘古至今的污垢

山顶上一只百年蜗牛爬行

脚下是水泥勾缝的砖路

47

海风徐徐吹来

滚烫的背感到丝丝凉意

西下斜阳带走了正午的火

我抬起头　看到伙伴们

也抬起了头　舒展着

蜷缩了大半天的腰

生命中的几分温柔

在夜幕降临时更显出几分微妙

几株相貌平平的向日葵

在大理石花瓶里摇头晃脑

自以为是的花之君

在西落的山光中　在莫奈的花瓶里

也免不了垂头丧脑　翠减香消

唯有我们几棵俯伏台阶的小草

尚能在远离尘嚣的角落里闲聊

是啊　你看那装点节日的花坛

给广场带来几丝活气的群跳
伴随月光结队而来的漠然
还有矫揉造作的逢迎的假笑
夜风中它们黯然退场
而蔷薇每一细小的媚态
紫罗兰散发的滴滴香飘
都衬饰着陌上野草的窈窕
柔弱而充满智慧的无畏
质朴而比照星光的缭绕
它们化身童话中的矮人
进入孩子们天真幻奇的梦境
鼓起他们心灵万种漫游的翅膀
培育人类未来巍峨挺拔的幼苗

48

北国的雨　垂直地下
不夹杂一丝细弱的风
偶尔滚下鸽子蛋大的冰雹
重重地击打着铁皮屋顶
淹没了我常年淤积的耳鸣
声声赤裸的诗句
呼唤着水中大地的情
一丛哀草　露出根根洁白的须
攀附着被雨水冲刷干净的石
却也因了一撮残留的生命的泥
路边　涯上　洪水洗过的草地
弱小的生物幸存着
以居高临下的目光
瞠视水面漂浮的人类的奢侈
张张明星色彩糜烂的画
赤橙蓝绿的人的坐骑

一街琳琅　几多消受
一场洪水　几多忧愁
而水之于水的激流
之于人的欲望的洪流
以不到万分之一的力比
冲垮乌鲁克王的宫殿
倾覆彼得大帝的锦绣
洪水废四极而裂九州
洪水涤污秽而净千秋
待到方舟驶过彩虹至
雨后山河秀　水过处
寸草无声润物留

49

一只蝴蝶哭了　伏在我头上
极度伤心　同伴死了
就在昨夜的暴风雨中
风的肆虐　雨的无情
太突然了　未及躲闪
太暴力了　惨绝宇寰
太人性了　无状感染
它们就在我脚下
就在我这根部的世界
那一片土　那一洼泥
那一粒粒被淘洗的沙
一颗桃子砸下来
落在我身上　重力下压
偏偏击中一只奄奄喘息的蚂蚱
乌云在河心翻滚
黄红白黑的鱼浮上来

眼睛里泛起连串的泡沫
鱼肚下冒出缕缕灰白的烟
我盼望着天际嵌起光闪
渴望那铺满天空的蓝
Azure Blue Chinese Lan
还有乌云过后落日的红
晚霞中朦胧叠嶂的群山
我爱那红进入地平线的瞬间
我爱那山被黑暗笼罩的弥漫
因为那时　只有在那时
傲慢的太阳才与我同眠

50

河水淙淙流淌

大地喁语私聊

南国的园子里

三角梅　蝴蝶兰　水鬼蕉

鸡蛋花　蜘蛛兰　金凤俏

蜂蝶翻飞　翼振蕊蕤

海风拂面　艳阳高挑

羞煞了

北国的秋晚枫红

都城的人工葱茏

楼台的做作猥琐

宫苑的老态龙钟

我看到

原生态海滩的云水

非人工雕琢的晶莹

扇形　树状　螺旋

钉螺　田螺　粉螺

褐云玛瑙　婀娜窈窕

碧海冰峰　仙姿玉影

浪花里舞动的海草

更显菖蒲虾形曼妙

时而风声呼号

大提琴舒缓低沉

时而浪静风平

钢琴曲协奏天音

虽不见海鸥翱翔

却不时有燕雀飞高

歌声欢快　山水空蒙

我不禁引颈高眺

忽觉浑身冰冷　却不知那

冰从何来　冷从何来

复举目沙滩凝望

不见了　荷苑窥视的歪花劣草

唯有海藻光鲜的妩媚妖娆

51

在晚霞渐没的瞬间

我看到沉鱼远去的背影

在浪涛依旧的咆哮中

我听到泥沙痛苦的呻吟

那亘古一律的脉动

那去而复来的沙影

我看到海草舞动青春的激情

转眼间便被黑暗遮笼

我听到草根下鱼儿的鼾声

合着岸边涯口的轰鸣

烘托起我胸中的浪花

朵朵淡墨的祥云　在水中

睥睨上方万里无云的晴空

我能去哪里　拖着这无根的倒影

我问海草　她的头疯狂地摇

我问海水　她紧闭着嘴傻笑

我问海风　她径自飘摇散去
我问鱼儿　鱼儿说她要睡觉
晚霞红过的地方黑了
曾是蔚蓝的水黑了
沙滩上没了人类的脚印
剩下的　是清水环绕的珊瑚礁
终于去了　这白昼的聒噪

52

黎明的红渐渐淡去

白昼的云从地平线飘起

唱晚的雄鸡一路走过

我深度沉睡的梦

呵　还有那沉睡中的苏醒

那聒噪中的安宁

海上没有浓雾

浮云飘走了

带去了游子的薄情

沙滩上留下我独步的身影

随海浪涌来的风

五颜六色的贝壳

伴随着水冲过的阴晴

晨的凉意就像初绽的情窦

青涩　腼腆　等待着新夜的宠幸

海面飘来货轮的喘息

凌空响过航旅的轰鸣

细沙轻揉足底

珊瑚留守礁顶

沙滩上的拾荒者

跨过簇簇膨胀的青绿

躬身拾起被海水踩躏的贝壳

坚硬　尽管没有了曾经的生命

圆滑　尽管曾经有过棘手的荆

在一次次的重复中

涛声依旧　水过沙愁

又何曾如此风流

「外一首」

今夜月照花林间，满目琳琅似弹霰。

海上升平歌声碎，我虽依依未忘返。

婉转绕行石连连，徜徉细水沙绵绵。

潮涨蟹小鞋边落，潮落蚬大留石间。

我自欢颜独远望，怎奈孤轮终不见。

纤尘散去夜皎皎，楼上伊人醉海天。

留得月空无人归，扁舟一叶待复还。

53

静　安静　四大皆静
鸡鸭不唱了　歌星失声了
女人睡着了　男人的鼾声也停了
只有苦涩的微笑　还有心的孤独
魔鬼的脚步　细细碎碎的落叶
寨边的草地　在繁星满天的清晨
在美的光彩中　小草的根托起
无叶的茎干　疲惫地捋顺着
幽暗的思绪　瞬间闪射的强光
天际的积怨　没有一根银丝
我虽爱过这个世界　但只对缪斯
心存纯真　向着即将到来的生命
在暗色渐去的晨曦中　繁星退去
只有路边肃穆的小草　脸上凝聚着
寒露　冬雪　顶着北来的沙漠的冷
手牵着手　把人生悲苦的泪珠

滴入幽灵肆虐后的寂静
虽说荒野留下了午夜的苦艾
那胜过一切苦味的草的酸涩
或许还需要一丝裸露的忍耐
而在充满恨的人寰　天眼在看
梦从朝晖照耀的浮云里醒来
　静　肃静　万籁消声　可冬日的暖阳
终究抵不过坟墓里鬼魅的阴冷
在良心像时光一样泯灭的世界
　云层渐厚　邪恶从幽谷深处
悄然而至　唯簇簇小草
伴我走入白日的恬静

54

南国　中原　北疆
幅员辽阔　唯不问西东
只因日出日落　昼与夜
不分你我　同一颗行星
同一个宇宙　同一番游历
岁月　一次次磨破脚底
思想　一个个涌出心窝
巴西的仙草　南非的密罗
法兰西的薰衣草
加勒比海的夜碧波
我曾经爱过　这繁花的世界
我也爱过　这夜幕下的绿树银河
我爱过棕榈树中百鸟的鸣叫
我更爱过草丛中唧唧的沉默
这一路走来　星月无私陪伴
有草　有木　有生焉

旅途劳顿　千山万水

尽头依旧暗淡　人生中旅

百代过客　老骥千里驰骋

越鸿沟万丈　踏荆棘千里

蓦然回首　飞尘落处

不见金瓯玉瓦

不见青松挺拔　更不见

花翎顶戴王孙梦　一纸年华

唯小草　连同滋养草根的沃土

冬去春来　严寒酷暑

即便色青味苦

即便叶落茎黄

即便正茂折殇

也终能伴我左右

寸寸芳华无声处

层层尽染叹炎凉

55

没有海鸥　因此也没有
海鸥的鸣叫　水里没有海草
海草在岸边　在沙滩
在无人遛弯的清晨
在众人拾贝的黄昏
日出和日落被海潮席卷着
汽笛　城市里穷楼空阁　微弱的
灯光孤独地照亮鬼市的一角
树叶飘落　洁工清扫
海潮泼不到的地方　一棵小草
孤零零　在沙滩的滚烫的干旱中
鸡群　羊群　牛群　刚出壳的鹅群
大海咫尺之遥　却从未去沐浴
那从未谋面但却熟悉的涛声
激荡着没有窝巢的蒿草　哼唱
一波一波延续的永远独来的

单调的喧嚣的高傲又轻蔑的
海的吵闹　从咆哮的鱼到静穆的
小草　从沉默待哺的白姑和皇姑
到星空下忧郁的永不抛下的锚
北方人的聒噪　广场舞的酸调
和着大红大绿的袍　空荡荡的
海岬边没有苇草　不分昼夜的
公鸡的召唤和飞机的空跑　还有
高铁的怒号　和煦的微风吹来
冬日暖阳下几只白鹭　伴着黄牛
在草地上闲聊　还有公路上
摩托车的嘶鸣　我凝视人行道上
沾满了灰尘的轻曼舞步的蜗牛
一摊褐色点燃我心中螺旋式的
生命之火的燃烧　两朵轻快的
云翳　在分岔的抛物线上拥抱

终结篇

光未焰　星火显
浑成的咆哮的洪水
荡涤江河里的污浊
清洗自然界的污染
滋润大地上的野草
把千年的罪恶清算
那些日子里　我听到
歌声嘹亮　乘白云化碧蓝一片
后来的日子里　我看到
红旗招展　给青空披上紫玉瑞衫
雄风怒吼　卷起巨浪滔天
睡狮初醒　惊动四海五环
再后来　我走出荆棘
伴山涧溪水　登峻岭之巅
歌五湖清平　颂万物欣妍
我们呐喊　我们彷徨

我们熬过了百年孤独

我们谱写勇敢的新篇

如今　黄河仍在怒吼

星海已现光焰

芸芸花草　浩荡群蜂

挥动圣洁古老的权杖

尽显远古走来的威严

斑斓的色彩　撩人的清泉

深情的太阳　温柔的月仙

我在诗人口中　我闲散在廊桥边

在木犀草炼制的浓香中

嗅闻醉倒在晨露中的百草园

微风摇动五颜六色的花冠

我聆听端庄淑女轻轻的呢喃

跨进耽搁已久的天堂的门槛

呵　这一派天真率直的梭梭小草

带着白色面纱之下的梦

迈动风韵翩翩的青莲

用娇嫩晨曦洒下的汁液

溢满曾被罂粟之风掀翻的杯盏

关于死亡的思考

(为纪念郑敏先生而作)

惊闻先生仙逝，虽早有预告，却仍感突然。吾虽非先生门徒，亦非嫡亲，却也曾追随先生解构哲学，与学友若干，课坐清舍，深得教益。博士毕业时，先生主持答辩，更是增光添彩，惠济终生。而今先生驾鹤，弃吾辈于凡尘，虽不能悲恸至深如燕莎永毅者，却也哀痛至极，以致不言不足以抒胸臆。故重读先生于死亡之思考，此时此刻，感触尤深。又自知己之才学诗艺卑微，难以望其项背，却依然按捺不住敬仰之情怀。遂作此诗以和。若蒙读者大谅，则不胜感激。也望先生西去途中，赐吾力量，引领后辈，普惠诗之光芒。

1

是我　是我
用这最有力的泪水
把冬日的水仙折断
因为我要送一枚　给她
那最冷静的雪片　还有那
曾经哺育我的白色汁液
虽然她未曾给予我生命
却像母亲　给予我这
有力的手指　去创造生命
是我　是我
在春天尚远的白色中
惋惜那一点纯绿
是我　是我
在既老又瘦的冬阳下
嫉妒那一片紫红
倘若冥冥中真有神灵

我要质问你
你既然给生活装点了美
又为何让她枯萎
你既然让新娘穿上了盛装
又为何不让她把糖蜜品尝
你为何把未及唱响的歌索回
让空漠的心再无欢乐回荡
从此我好似一朵孤独的流云
从山谷之上飘向远方

2

去了　未及唱响的歌

去了　刚刚开始的梦

你在云端　那里一片苍茫

我在大地　这里一片洪荒

那里没有人间的烦恼

这里没有宇宙的豪放

那里　你俯视鼠蛇齐舞

这里　我仰视翼龙飞翔

从此你我隔空相望

从此历史走进迷茫

冬日暖阳正艳

为何祈盼春光

音符乍泄　随风飘然逝去

诗意正浓　祥瑞化作窗霜

天那边　不久我将信步

地这边　很快你将再访

用你纤细的笔
用我粗壮的手
倾诉尚未洗净的真情
描绘尚未着色的梦境

3

是的　严冬目睹着悲痛
但并未嘲笑　唯只考验
那试探着道路的脚步
是的　血腥的风正吹
但并未让我们绝望
唯只告诫伊卡洛斯的翅膀
只能在适当的高度飞翔
是的　是的
你或许也已展翅入云
你或许也已羽落云端
可是啊
我们的泪水将化作云层
在半空凝聚
我们的身体将结成厚毯
把大地铺垫
云翳散去　灯光璀璨

你无邪的惊叫
你梦中的呐喊
你折断仙花的笔
你苦涩未干的字
定将拨开蔽日的黄沙
在早春到来的时候
把脆疏的蜜糖播撒

4

越过一丝丝茫然的视线
我看见那犀利的目光　疑虑
穿透云团　载着天真和幻想
向着日落的远方凝望　思想
不情愿地等待死亡
期盼着黑暗过后的曙光
生命短暂　路太长
日子艰辛　夜太暗
你何不从云端走下
体验这小路的坎坷
你何不从梦中醒来
蹚过这世间的暗河
生命给了你活着的机会
生活给了你奋斗的幻想
雄心给了你美好的未来
现实给了你矜持的倔强

是的　是的　人不愿意承认
生活的残酷　也不情愿
从云端走下　更不肯
承认幻想的虚假
因为生命的苦
正是这虚假和残酷

5

暴风雨来了　雷鸣电闪

狂风撕裂乌云

卷走了叶子　拔光了树林

你为何为此惊呼

你为何为此痛哭

为何　为何　为何

路边的沟渠盛着

维持生命的水

路边的野草携着

作弄命运的情

冬日的寒冷衬托春日的暖

残酷的幽默弥补冷漠的静

撕裂吧　那卷走夏日的狂风

轰鸣吧　那驱散静谧的雷声

我为何祈盼春日的来临

我为何恐惧风雪的迷蒙

为何　为何　为何
我要用那折断的仙花
我要用她滴出的皙白和紫红
滋润这雨后依然干涸的风尘
补缀那被雷电撕裂的长空
只为这一片情
也为世人皆醉的生意经

6

诗人的幻想

像大海一样浩瀚激荡

也像年久变皱的皮肤

渐渐汇入深蓝色的死亡

那正是大海的本色

或许也是尘世的盛装

人啊　何故依恋世间嘈杂的忙碌

何故不脱去那褪色的霓裳

人啊　人

你依附这狭窄的天地

像苔藓于阴暗

像菊石于海面

诗人啊

你踱步于狭窄的甬道

禁闭于紧锁的门窗

你眼中噙着欲发的怒火

胸中藏着高亢的悲歌
月光从皎洁的空中洒下
鸟儿怀着希望在林中栖歇
诗人啊
请你放宽心
春天的歌不会忘记
死亡无法阻挡生命的旋律
请放心地歇息吧
一觉醒来　门窗打开
暖风从春天吹来

7

诗与寂寞

就像左右手

轻轻地抚摸　或摩挲

在寂寞中　她守护着

心灵的花园　思想着

春天的卷末　时间

毫不留情地卷走了一切

只剩下诗和寂寞

还有　相互轻抚的手

摩挲　思考秋风落叶

生命的潮起潮落

不可抗拒　不容挽留

那时　你被剥夺

现在　被剥夺的　是我

提出为何　为何的问题

给出是的　是的的回答

没有仇恨　没有吼叫

没有咒骂　没有讥嘲

春天来了会再走
冬天来了又走开
左手右手抚世界
生死循环去复来
唯有　诗人的寂寞
挣扎着　保留那一份情怀

8

冬天是一年中最酷的季节
寒风霜雪　枯叶远飘　还有
被风吹冷的光秃的枝条
寒江翁独钓
日暮远苍山
笔墨几何均无路
涂抹肢解无处逃
唯有艺术　循着诗的追问
孜孜捕捉自然碎裂的美
用诗人的恣意欢畅
领略生命的震撼
谁怕尸堆中身影的摇晃
谁怕沉默中歌手的哀号
谁怕林中脆弱枝条的折断
谁怕死亡阴影的上蹿下跳
不怕　不怕　不怕

蓝色的浪花在你胸中澎湃
激荡起生命的波波海潮
诗人啊　你虽然踏着浪花远去
却依然在蓝色的拥抱中奔跑
你没有被风胁迫　却在落叶中
飞升到最高最美的树梢
把致远的虚无远眺

9

诗人啊　在你的69个冬天里
我已经度过了68个寒暑
在你赞美的万顷潋滟的碧绿中
我脚下走过的恰恰是黄土
不过我同样喜欢海水洗过的珊瑚
还有她雪白的无忧无虑的骸骨
虽然我不曾在骸骨上镌刻
熟虑的诗句　翻滚的乌云
脆弱的肉体　美丽的瓷器
还有达尔文计算过的代纪
却将在生命盛开的火焰中
淬炼　留下永不凋谢的花蕊
是的　是的　是的
在你走过的崎岖不平的小路上
我殷勤地拾起一片叶子
装点你的第一百零二个年头

那或许是你最悲苦的岁月
耐心地等待　那场
尚未来临　或许已经来临的
电火　还有天边翻滚的乌云
虽然你已经与我远离
可是啊
我们的心还在一起
我要用这可怜的
所剩无几的垂危的生命
跳完生存的最后一支舞曲
保护你　离我远去的你

10

火烈鸟

一往无前　酣畅淋漓

火烈鸟

风雨同舟　忠贞不渝

火烈鸟

意志不灭　生生不息

我跟随着你

踏着火焰　穿过地狱

我羡慕你　我崇拜你

醉饮甘泉　遨游天地

我望着你鲜红的蹼

拨开懒熊梦中的迷雾

起飞　翻跃　腾空

在钢丝绳上　走完

最后一段险径

不　诗人啊

火烈鸟

你未曾殒坠

你未曾下沉

你在飞升　飞升　飞升

携着你不死的魂灵

11

冬天来了　春天依然
很远　很远　甚或永远
又或许　即使来了
也不是幸福　因为西风
吹不走现实的残酷
即使严冬过尽　春蕾绽放
也仍有浮云蔽日
更何况　几千年的债务
外加牛腰诗束　倾家荡产
难填浴火正旺的焚尸炉
啊　诗人　你那狂野的西风
以预言的号角　吹过
你的嘴唇　把春的信息
送到沉睡未醒的人寰
从灰的余烬中扬出火星
焚烧大地的枯败凋零

用黑色的雨和冰雹

唤醒蓝色地中海的酣梦

可是啊　诗人　你的桀骜不驯

你的咒语般的蓬勃的诗篇

你的滴血的波浪般的召唤

也不能缩短春天的遥远

冬天之后依旧是冬天

12

呃　奥尔弗斯　你那
起死回生的竖琴
你歌声中诗情画意的真情
感动了天地　壬妖　大蟒
复仇女神也为你动了情
可是啊　诗人　你划过暗夜
忍受苍白和阴冷　拨开迷雾
驱散阴云　为的是找回她
你用艺术　死亡　性别
爱情　去拒绝爱情　只为了
让痛苦消失得无影无踪
随之而去的却是树叶的
轻语　歌唱的夜莺
以及你未曾看到的奇景
情人口袋里不装爱情
法官无槌久久不能开庭

敏锐的眼睛不再看到
聪慧的耳朵不再聆听
啊　诗人啊　你去往
滔滔海水环绕的一座孤岛
可是啊　你是否想过
几千年的故事谁来讲述
现实里的图景谁来描绘

13

这不是奥尔弗斯走过的地府
你领略的也不是失恋的痛苦
不是　不是　不是
愤怒　仇恨　命运的不公
黑暗中你失去了天堂的黎明
痛苦中甚至地狱也为你所动
赐给你死亡的模糊不清的通行证
阳光帮你辨识青春的面庞
智慧让你的头发乌黑铮亮
你茫然不知这是地狱还是天堂
因为　仅仅因为
天堂的安检从不盘查你的行囊
人世的关口闪耀着宁静的夕阳
啊　诗人啊　现实的账簿记满了
苦者的姓名　他们虽未离去　却已
满脸憔悴　满头沧桑　满目凄凉

到头来　携着未了的欲望
站在永恒的审判席前
终不见那依然如故的判官

14

是的　是的　是的
我走过这条山阴小道
也曾穿过这一片无路的密林
茫然走入世界化的黑洞
在无光照的墓穴中
捡拾未被缪斯称量过的尸骨
还有废墟里的一颗颗沙砾
是的　是的　是的
胃口太大　太大　不消化
直到懵懂计算的量化
还有弯弯绕的词语的僵化
一加一等于三　再进一等于十
不说人话　土匪般的搬运工
劫来一条鸡肠臭烘烘
却奉为千古名句
批评家的假话　满嘴乱麻

你呀　你呀　你呀
浑身光环顶戴花翎的学者呀
你何时能走出那条窄窄的鸡肠
你何时能在忘湖洗净浑身的泥沙
重拾早已被抛弃的爱与真
不再作金钱与权力的爪牙
洗心革面　痛悔前非
走近天体的耀眼光华

15

是啊　诗人
在你缤纷的意象里
不应有为你哭泣的人们
不应有为你愤怒的人们
因为泪水会把心灵
变成空虚冷落的坟墓
因为愤怒会无情地
打碎你无所怨尤的命运
那些你未曾了却的心愿
那些你曾独占光辉的默想
那些尚未织就晴空的蚕丝
那些千年未曾拉起的蛛网
雅典的废墟　埃及的墓穴
古罗马祭坛的断壁残垣
一场场美梦成了人烟的荒原
苍白　蛰伏　凄凉　无光

船帆已被撕碎

碎片在雨中翻飞

坟茔里发出地震的吼叫

若走夜路你需带上马灯

来吧　从天空驰下的洪水

来吧　从海底崛起的雄峰

我们擦去泪水　我们不再怨恨

我们从长梦中醒来

一起迎接五月的温存

16

可是啊　五月的温存
并未驱散四月的寒冷
如果暴虐尚未开始
那是由于阳光的拖延
如果悲苦仍在继续
那是由于理性的辗转
死亡已经走过三月和四月
尸骨虽已残缺　尚未圆满
却依旧给人以生的感觉　除了
从火葬场就开始的那些
乌烟瘴气的饕餮　啊　诗人啊
死亡原来是骗子的盛宴
死亡竟能成为功名的枕垫
在应该盛开玫瑰　月季　兰花的地方
竟然是短腿的长舌妇　矮个子轿夫
他们不用焚烧　不用火焰

只用蹩脚的文字　虚伪的哭号
就给沉默的人群　罩上
驱不散的乌云般的困苦和烦恼
整个夏天　厚厚的云层聚拢
迟到的檀木中蛀满了蛆虫
晚来的火焰中响彻魔鬼的佯叫
季节和艳阳也不足以阻止
蜘蛛和鹪鹩　太阳的末日
死亡就这样成了学术的技巧

17

冬天　第六十九个冬天

荷塘的泪已流干

鱼儿在泥里酣眠

诗人啊　你就像今天的我

在死亡的边缘目送死亡

心念死亡　遥望死亡的国度

葡萄　红酒　音乐　它们只是符号

联合奏出的是死亡刺耳的音调

只有白云　纯洁无瑕　越过

湖泊　河川　平原　高山和巉岩

折一支温柔的水仙花　把

愤怒消融于血红的朝阳　和

黄昏上空瞬间的晚霞

绯红的碎片洒向江边

洒向陆地　洒向峻岭峰巅

构成夜幕笼罩下的天宇和大地

而这并不是终极　仅仅是开始
月亮升起来　蚕和蛹
毛虫和蝴蝶　在昏睡中聆听
万籁俱奏的宇宙交响曲
而合着乐曲翩跹起舞的星雨
却原来就是你　我们自己

18

我们的身体　任人切割
我们的灵魂　任人揣摩
一条条白色透明的脑纹
被展开
一盒盒图文并茂的音像
被击碎
刺耳的不合时宜的旋律
诗人的淤积心血的片语
献给魔鬼　献给上帝　献给
那一跃而起的致命一踢
场外　天边雷动的欢呼声
席卷着诗心进入坟茔
大地震动　惊醒了
地平线下的晨光
一只弱小的云雀
静静地用力跃入天心

以迅疾的喜悦摘取
最后的一颗晨星　藏匿于孤云
仿佛诗人　把思想的辉光
藏匿于即兴的诗韵
把被忘却的希望唤起
让被遮蔽的玫瑰绽红
那雨后花蕊的苏醒
那洒落春霖的绿茵
诗人啊　你的音韵在我脑中回荡
你的音容占据了我的整个心房

19

是的　是的　是的
我们都已老去　你和我
依然眷恋这世界的老皮层层
但我们并不痛苦　我们庆幸
死亡的最终到来　结束这
悲苦的人生　在闭上眼睛的刹那
瑰丽的北极光打破生的沉寂
在死亡中　我们尽情地自由地
嬉戏　用晦涩的文字　用倦怠的
图影　用重拾的镣铐　用虚妄的
思想　把丰饶的书的宝库焚烧
啊　死亡　我们恭听你的需要
啊　死亡　我们愿意为你解囊
我们抛弃生的世界的舞台
我们摆脱人的世界的繁忙
我们把爱和美托给袒露的胸怀

我们把恨和丑留给世间的无赖
是谁　是谁　是谁
是我　是我　是我
今日我送你步入天堂的风
明日你带我告别人世的冷
在慈惠的阳光下
我们携手　朝着天堂瑰丽的花园

尚未消失的记忆

喜　鹊

初看，它只呈黑白两色。细观，则有紫、蓝、绿、灰淡入黑白之中，为其所渐变，隐于羽隙之间。故俗视凡眼均误以黑白为其衣，唯此两色为其征，难辨其藏匿内嵌之暗色。

我居顶楼二十载，有阳台一爿，面积五十又六平方，养花育草，晒粮暖被，堆放杂物，也常常作接待鸟类访客之用。而诸访客中最频繁者，莫过于这种以黑白为主色调的贵客了，其名喜鹊。

其实，只要仔细观察周围的非人类伴侣，你会发现喜鹊是最常与人为伴的。它几乎无处不在。凡人在之地，就必有其足迹。荒野、废墟、农田、广场、公园、花园，当然还有我家屋顶这个不大不小的空中阁苑。人迹罕见的原始森林，我今生恐无幸涉足，据说那里也难见喜鹊之踪影。

抑或由于亲近人类，喜鹊学会了人的群居生活，乃至习惯。如日出而作，日落而息。雌雄分工，各司其职。

只不过这"各司其职"不是男耕女织,而是男"耕"女警,男警女"耕"。若有敌情,一声鸣叫,双双飞离,且高且远。而离时鸣叫,嘶哑之至不堪入耳,或也因此能拒敌于数米之外。久而久之,嘶哑之声为我家鹩哥所仿,于是,从早至晚,无论喜鹊是否来访,皆嘶声不绝于耳矣。喜鹊之最美之时,在其觅食之际,于路边,于山坡,或小跳,或小跃,单步迈动,不紧不慢,且安静异常,快乐异常,友好异常,甚至与人鸽共享静息幸福之时光。

相比于人类,喜鹊善于建工,巧筑巢所。其巢坚固,选址精确,非于三树杈相交处不建。且位于树顶,不为显目,只为高瞻。其用料精良,承重力强,均为硬木粗大结实之树条。筑时口衔浆泥以嵌其缝,牢固非常,强风亦动它不得。其结构精巧,分巢基、四壁、横梁、巢顶,与人之居所毫无二致。故建筑费时,需三四月矣!然与人再比,则其精明度略显低差,常常犯傻,为他鸟做嫁衣裳,鹊巢鸠占之事时有发生。而每每发生,其与人之不同者,在于其慷慨,不计较,不争斗,衔木啄泥另建之耳。毕竟冤家宜解不宜结,多点劳动权当锻炼乎!又何必学人之短,吝啬、嫉恶、好战,终了你死我活,两败俱伤。此理喜鹊甚通。我亦从喜鹊学会这一道理,以其道用于其身。每每它入我界,扰我静谧,啄我米石,毁我花草,我均不予睬之,任其所为。即使一次尽食我幼葡,断我秋粮,我虽心甚不悦,却也权当行善事,结善缘，济鸟慈，施其所需者也。而观其进出，视若无人，时而大摇大摆，跳上跳下；时而翻东倒西，挑挑拣拣。甚或倚高窥视，探我虚实。但见我起身，拿起手机，便扬长而去，实令我难堪，啼笑皆非！

想古西圣人方济各者，为鸟布道，施之以教理，育之以良善，欲皈其唯上帝而信之。更有中外名家，文人骚客，舞笔弄墨，作画、赋诗、唱诵，非为博得喜鹊之欢，只为显摆文韬笔略。读之观之，虽别有韵味，艺高术深，从主而观，有感而发，终不及我阁中真品。我今为之备游玩之所，供饥渴之需，不与之一般见识，不责其无规无矩，而善待之。若来世它为人、我为鸟，共处同一庭院，岂不悦乎？

睡　莲

近几年我常来这里。从初夏的炎热,到晚秋的凉爽。目睹春的生机,亲历冬的凋敝。可是每一年我都忘记前一年观赏的印迹;每一次都以新的发现替换了上一次的记忆。我看到了什么?我来过这里吗?我恍惚记得那船、那桨、那划船人,还有从湖水里清理出来的杂草和泥浆。只为那一片纯粹。

我虽然不像那位法国诗人怀着某种目的,把目光盯在前行的遗忘上;也不像那位法国画家把深情寄予水景,拥有世上最奢华的享乐。但我的确能感到诗人想象奔放时那微笑的流淌,和画家每每描摹水中美景时那幸福的荡漾。我也不是为了去认识一位女友的女友,为她赋诗,或是去那休闲的隐居竹林的湖边徜徉。我只是忘不了,就是忘不了,那安静的湖面,湖边的小道,和那些跳跃着的火花,或白,或黄,或粉红,或微紫。

时不时地,湖面上泛起涟漪。打闹的小鱼儿悬在水中央。一分钟前潜入水底的红嘴儿小鸭从很远处浮出来,小小的脑袋,红红的嘴儿。又忽的一声响亮,打断了我的视线。一只雄性水鸭在水面上飞跑,追逐着热恋中的女友,溅起了身后久久不愿下落的浪花。有时候,夏风徐徐吹来,也会把树叶拖到镜子般的湖面。

  初夏,我的记忆停留在一片一片的叶子上。它们相隔不远,而稍不留神,就集成一团,一片压着一片,好像搭起了一叶小舟,三两佳人落座。抚琴弄唱。倒垂的柳叶滴下冷银般的露珠,伴着靡靡的琴音和动人的情歌,击打着清晨的澄澈,向天空泼洒阳光下的水晶花,用这天酿炼乳的醇香唤醒夜里沉睡的花瓣。

  一次,入园不数步,看到远处水面缀着点点的白,潇潇洒洒占据了整个湖边。我诧然不知何物,疾步前往。未曾定睛,就听到清脆悦耳的噼啪声。顺声望去,见一只只迷蒙的秀眼好似慢镜头,缓缓睁开。我看到那目光中的温存、甜蜜和几分羞怯,或许还有我轻轻的脚步带给她的惊喜。

  我敢肯定那表情中没有恐惧,只有落落大方。没有冲动,只有悠闲从容。没有焦虑,只有思绪缠绵。或许由于昨夜的浇灌,或许由于星光的灿烂,或许由于白昼来得太晚。我看到她们眼圈微红,情意缱绻,依偎扶持,顺着梦醒时分的清新,用双手划出一波一波的青蓝,又在那青蓝上织出一幅壮丽的画卷。

  盛夏,园子里已经拥挤。湖面上多了些许色彩,更加绮丽,更加绚烂,也更加凄迷。我记忆中的那白、那黄、那粉红和那微紫,依然未被取代。只是多了一份比较,让我更加恋恋不舍。每当我漫步在湖边,脚下的震动会摇起她身披轻纱的倩影。影子落在水面上,神秘,微妙,扶摇,激发诗人创造性的联想,仿佛看见她舒缓一双玲珑小脚,拖着绣裙透明的花边,片片喧腾的绿色把她托起,飘飘然轻挪曼步向我走来,窸窣之声催我入眠。

晚秋,那些更娇艳更绚丽的色彩已经走了,留下了残骸、枯萎和哀伤。而她仍未离去,茕茕孑立,顶着寒风,迎着冷月。那孤傲的双眼,远望朦朦的山,近看悠悠的水。一丝伤感,一缕情怀。几度春秋,几度苦涩。天上凄凄的云拨响了漫漫的忧思。

很快,寂寞的林会迎来白雪皑皑。但我的记忆依旧。那默契,那阒寂,那静息。记忆中还是那蓦然间从天外飘忽忽落在水面的朵朵睡莲。

诗人的孤独

诗人面对人群时感到的孤独与悬浮在诗句之上的孤云并不是诗歌创造的条件，它只是一种寂静，一种沉默，一种当下的缺席。它也因此是现实存在以外的一种文学的或艺术的存在。它出现在诗人的实实在在的一种无所畏惧的清醒之时，是不萦怀任何利益、不欲求任何酬劳、不屑于任何交易的一种不合时宜。它只是在偶尔才由于命运的多舛、思想的匮乏及精神的腐烂才从人的平庸之中获取一点点用来打点生计的慰藉。

诗人不是现时连捡拾牙慧都算不上的而只能说是增积牙垢的汗牛充栋的学术人。他／她从不粗浅地不加咀嚼地把大理论大主义强行塞进自己的模式和框架，从不随心所欲地生搬硬套地把不理解的思想变成自己的滔滔不绝的陈述，也从不由于自己充水的脑袋或干瘪的嘴唇津津乐道自己那些吹嘘得千遍万遍的谎言和废话。诗人避开那些漫无边际的东拉西扯的"八卦"，只是一如既往地一丝不苟地在闲适的花园小路上漫步。

诗人不是常常进行愚蠢至极的否定的哲学家，也不是动辄推理侈谈理性的分析学家，而唯只甘当不耻下问的学生。他／她也不像学术人那样从事所谓的"学术"，因为这一个"术"字常常使人联想到"巫术""方术""邪术""权术""心术""窃术"，甚至"房术"。究其实，这个"术"不过是技艺、工匠、作坊；而充其量，它已堕落成捏造、伪造、作假罢了。学术人之不学无术者显矣！诗人不是旁门左道、歪门邪术之技艺的发明者。他／她把用在这些"术"之上的心机花在精神的苦修中；他／她逃出教育的围墙，在应接不暇的细小事物中寻找把眼前的色彩与昔日的光辉熔断在一起的一种轻松愉快。他／她不寻求个人的身价和头衔的轰动，而只想在一个寂静的湖边把沉思中的孤独和那孤独的伟大凝聚在一片空间里，用没有标点的语言赋予这个空间以梦幻和真实。

诗人之所以喜欢孤独是因为身边能诗会赋的人少了，而吟弄风月之人却汗牛充栋。诗人之所以喜欢寂静是因为尘寰多了份不该有的喧闹和嘈杂。夏日柏油路的炙烤和冬日西北风的呼号动辄令人万念俱空，春日花园里的繁花似锦和秋日田野里的黄金麦浪虽然能使人忘身于室外，却也总能给你一种人工雕琢而非天公作美的感觉。抛开日间烦壅而游离于山水间的自我天性，郁郁绿荫中聆听虫鸟之沉吟的漫不经心，还有乌云中捕捉熟透的追风赶月的暴风骤雨，会把他／她引向具体的本无巨细的事物上来。他／她会带着专注的狡黠，拒绝凭空捏造的人为表述的雄辩理论，以一种极力隐蔽却又无法隐蔽的直接而细腻的词语，表达似乎已经抓住实际上却尚未抓住的显示于思想背后的究竟。诗的魅力就在于拒绝直接人为地展开思想，因为那无异于说教。

然而，编辑的约稿、出版的日期、格律的规定，更重要的，还有名利地位的诱惑，几乎把这一切都毁了。荒漠中那些曾经被称为诗的各种自在自为的丰碑沉默了。他／她只能在形式和主义的羁绊中静静等待着那依然被无数次遮蔽的平凡生活，努力以其锻造之火重淬那若即若离的"几乎"的优美，那里蕴藏着真正的诗的幽灵。诗人不是用电子钢琴甚或无形弦键演奏古典正统音乐的乐手。他／她要用民间乐器弹拨出无拘无束的灵魂的旋律，用语言和声音中的色彩表达没有任何矫饰的没有任何交流障碍的心照不宣的思想，诗律就在这种不经意的瞬间喷薄而出。

诗人的任务就是把音乐、色彩、形状融于语句而形成诗。他／她能听到沉默的雷击打在惊慌失措的岩石上，或看到苍白无色的电光射洒在亭亭玉立、婀娜多姿的玉树上，或用荡起回声的撕裂长空的呼喊打破事物悬浮的状态，用大把的感性做抵押以换取思想闪光的鳞片，直到那不同于鳞片之闪光的扩散着的涟漪消失在语言的偶然之中，把事物的光影再度洒落在一片沉寂的湖面上。

明园行

出清北门,行二百步,至明园东。进左小门。高墙隔处,弃墙外高速,寂然无声。恍若天外仙境,唯隐士才见。沿青砖甬路,蜿蜒前行。见青杨入云,绿草如茵。右手湖畔巨石无序,苇篱护岸。清水静卧中央,水底云端鸟儿飞翔。湖面涟漪,碧波粼粼。放眼西去,更有白玉石桥,据说本有孔十三,列强瓜分,几经修建,终不能显其原型。且有堤坝隔栏。对岸苇深树密,花草蓬生。四季色彩变幻,山水连绵尽染。秋叶落时鹊巢显,春夏百花竞开颜。更有鱼翔花草间。冬伴残荷,夏随睡莲,捕日捉星倒影现。春初杏桃斗海棠,春暮牡丹独占,芍药争艳,夏来月季自谦。常有鸳鸯戏水,鸭鹅弄倩,林中鼠鸟飞窜。动与静,近与远,闹中有静,别一洞天!遂有感而发于此。

于我,世上最烦心之事莫过于入园前的片刻。那是需步行一两分钟的丁字路口。南北车辆,左行右行直行,光是等红黄灯绿,就要耗去大把精神。当这一番停等走跑的大煞风景的折腾过后,眼前陡然一片阒然静息。马路上的喧嚣骤然让位于近乎平常且又完美的秘密,一个接一个,帮助你叩击自然灵感的大门。

昨天,一阵狂风暴雨,夹杂着电闪雷鸣,送走了春天尚未尽享荣光的彩色,洗净了日前大漠快递来的风尘的积淀,替换了魔幻生机给大地披上的短命的嫩绿,仿佛亭亭玉立的少女已经告别秋波澄澈的透明花季,步入青春期葱翠遮掩的高贵,用贞洁而意乱的孤独去振作过早穿上工装和制服的山林,不让它们在百无聊赖的废弃中毫无创意地等待着落日绛红的褴褛。然而,尽管这番孱弱的努力和失禁的悲苦,我的目光还是移向了咫尺间的另一个世界。盈盈水中央,青青荷叶新。空灵清远,意境绝俗。给人春意方歇、万花复又开的感觉。

其实这不过是扭过头来的工夫,或者是选择方向的刹那,仿佛从车水马龙的现代性进入这庄严缥缈、激发幼稚幻想的世外陶醉。千草一绿变成了光影交映、物水长天的千姿百态。银行在遗忘中、在浪涛中、在倾泻中不知去向。黄金在落日绯云的火红的钢水中淬化。数字在一种偏瘫患者的无能为力中失去了作为工具的精确性,幻化在另一种用真与美来衡量的意义中。这里是科学所不情愿看到的非虚构的神话。故事是由被粉碎的光讲述的。人物中没有宙斯、赫拉和阿芙罗狄忒,但每一个出现在这古老的巫术的神秘之中的角色又都是朱庇特、朱诺和维纳斯的前身。在一个个巧手编织的影子里,是一个个仅只暗示而不言说的词语。它们通过一种沉默的状态把本来就缄默和沉寂的事物魔法般地呈现出来,以广阔天地的耐性等待着慵懒的艺术家把它们再现出来。然而,当思路尚未来得及从缄默的沉寂中抽脱出来时,它们已经由忍耐的浮躁和磨难中运动出来,和着节次分明的旋律,踏着铿锵有力的鼓点,以近乎思想的挥发性洒脱,洋洋洒洒地化入了不得雕琢之趣的天籁。

静和动就如此这般地交替着。这里不是半空中悬浮着雾霭、草丛中奔跑着野性的荒野。这里没有覆盖着大地之存在的钢筋水泥和不透明玻璃,却有着花萼和天穹完全裸露的原始生存,仿佛每一棵小草下都隐藏着远古幽暗的秘密。每一声小鸟的鸣叫和鱼儿的呢喃都是可于瞬间转化为闪电之回声的大地脉动的同一性音乐。风拂过水面,从某个神秘源头发放的神秘信息在荷叶矫健身姿的舞动中接力赛般地传递,直到那信息又随风飘入另一个神秘中。

让时间在远离尘嚣的荒野里消逝,把精力挥霍在清灵幻化的湖面上,在一片近乎林荫路的浓郁和齐眉树丛的葱郁中,天光沉入水塘激起的层层微浪将恰如其分地聚集起一种无言的伟大。在这游性正酣的季节!

故 事

凌晨两点。我醒来。醒来之前梦中的我让醒来之后的我记下了下面这段并非呓语的呓语。

有一个故事。作家委托故事中的叙述者让一个讲故事的人把它分别讲给了三个人。每一个人听到的都是不同的故事，因为讲故事的人是在不同的时间、不同的场合讲的。听故事的人总起来听到了三个故事，知道的却是同一件事。叙述者知道讲故事的人把一个故事讲了三遍，但并不知道他实际上讲的一个故事变成了三个不同的故事。讲故事的人只知道把一个故事讲了三遍，但并不知道一个故事为什么变成了三个。听故事的人并不知道一个故事成了三个，也不必问为什么，因为他们每人的确只听了一个故事。读者知道这个故事在故事中被讲了三遍，但也并不一定知道后来成了三个。作家知道他明明白白交代叙述者让讲故事的人讲了一个故事，而且在不同时间、不同场合讲给了三个不同的人，但他也不知道这一个故事为什么变成了三个，他也不必问为什么，因为他只是让叙述者让讲故事的人讲故事而已。唯一要知道一个故事为什么变成了三个故事的人是爱管闲事、吹毛求疵、刨根问底的批评家，因为只有他才是唯一要问为什么的人。为什么呢？因为他爱管闲事、吹毛求疵、刨根问底。其他人都是讲故事听故事而已。

故事就是故事。

荷马式的喜悦

一个角度,一个维度,一个观点。土壤里的一粒沙,草地上的一片叶,天空中的一缕轻烟。它不是苍穹的无限,不是空间的广远,更不是宇宙的浩瀚。它缺少现实的广度,却是思想的深渊。它没有世界的宽度,却是可以达乎深渊的点。一个画面是一个点。一个人物是一条线。一个景象是被凝结的瞬间。两个拇指两个食指框定一个圈,那就是你的视窗。你再动一个指头,一个声音便把那瞬间凝固。它挂在墙上,藏在电脑里,或留在你心间。

色彩,线条,光影,明暗,运动,透视,印象,内在,外在,空间,时间,主观,客观。一个点,一个圆,一条线,都具有了精神性,坚固的现实也因此烟消云散。这是画,是诗,是音乐。

你的精神留在画面上。你的灵魂透过画面传出来,停留在诗的字里行间。你的思想也将通过观看、阅读和理解进入他人的心灵,发生碰撞,怦然激发情与思的火花。物在这种碰撞中融化了,消解了,不可见了。清晰的轮廓模糊了，黏稠的用色淡化了，拉近的透视也深远了。

光打在湖面上，睡莲是一片层次交错的叠加，荷花在编织着一个梦幻之境，而整个园子则构成了一种混合色彩的涂抹。影映在水面上，水是一片蓝，一片绿，一片形状并不清晰的云。风从四面吹来，汇集在水面上，色彩和光影瞬间运动起来，界限模糊了，影像模糊了，色与影变成了印象，精神和灵魂便是这印象的结构，成为这一美妙音乐的旋律。

齐物，化物，超物。藏于画面背后的我，隐于画面光影之中的我，化于观者印象之中的我。何谓我？我何为？顺乎自然而不造作者，我也。观天地之美而藏于心者，我也。悟万物之理而不傲言者，我也。此我，诗人者。此理，诗之志者也。

画隐精神于光影运动之中，诗隐精神于支言碎语之中，二者皆为艺术。如果不是为了真理，艺术便不存在。艺术打碎现实而使现实持存，就如同太阳把光芒打碎撒在大地上使万物生长。但艺术不是给每一个人都提供生存的食粮，而只提供给那些精神饥饿的人，渴求思想的人，想要在充满敌意的云层中打开一条血路的人，那些不想说话而只想用扇子表演的人。艺术不致力于歌颂过去的丰功伟绩，不参与任何形式的庆典仪式，更不做那些违背良心的表面文章。艺术只是耐心地绘制地图册，悉心地采集草叶，精致地编写仪式录。它只播放海上塞壬的乐音，展现湖面上睡莲的娇羞，或掀开平凡事物的帷幔。艺术只展示。

艺术展示。它展示石的微笑，鱼的咆哮，物的不朽。它展示海的平静，山的动摇，生的徒劳。它也展示文字的空洞，颜色的无味，线条的单调。艺术的展示不是直白的，是拉开距离的，变换角度的，经过变形和伪装的。它在夕阳余晖里观察，给物罩上既透明又不完全透明的表层，直到它消失在肉眼的边界所达不到的地方。而对于感知着和思想着的人们，那就是荷马的喜悦、梵高的梦境、尼采的狂想。

丢失的眼球

夜里，我正在睡觉，突然感觉有什么东西敲打我的脑门儿，像似苍蝇，又没有闻到我自己的腐臭；像似蚊子，又明明白白我的血液已被老板榨干，蚊子不会感兴趣于这具干尸的；像似飞蛾，可我的身体已经多年干瘪、无欲无火，飞蛾何以来扑？可又确乎有什么东西在重重地敲打我的脑门儿！待我思忖至此，那敲打声已然如雷贯耳，敲打的频率，已然高于超声波。我想我必须睁开眼睛看看，到底何方神僧，月下敲额。

我睁开眼睛，前面黑洞洞的，深不见底，浅不见光。我琢磨着这是什么地方啊！莫不是人们所说的外空间里的黑洞？莫不是暗物质、暗能量又在我身上捣什么鬼？正琢磨着，两只滚圆铮亮的小圆球一左一右忽闪忽闪而来，而且那忽闪还是交替的，有节奏，有韵律，忽而向左，忽而向右，互相拉扯着；有时也上下跳蹿几下，仿佛相互争吵，愤怒得要打起来。眨眼间，它们来到我眼前，我问：汝为何物？答曰：汝眼球耳！什么？我眼球？

莫非我现在两眼无珠？莫非我刚刚花去终生积蓄修复的俩眼球又离我而去？难怪最近见左非左，见右非右，左右不分；见人不人，见鬼不鬼，人鬼难辨。原来是眼珠弃我而去！呜呼！想我终生呵护，日日经营，到头来却落得个"人到情多情转薄，而今真个悔多情。又到断肠回首处，泪偷零"。

泪偷零是自然的。不偷零就怪了。可现在就连泪也无法偷零了。两眼无珠，何来泪！即有泪，入黑洞何以流？我陡然明白，原来眼前的黑洞竟然是自己的双眼！两眼黑洞怎令人窥见我至纯之心灵？两眼无珠怎令我窥见世事之沧桑？况世风日下，人心叵测，我无珠之辈何以笙箫水云、踏马清月？

久闻有俄罗斯大鼻子醒来照例"嘟噜噜"弄响鼻儿，而终于有一天发现声音发不出来了，大鼻子不见了，取而代之的是一个小疖子。八等文官，学富五车，踌躇满志，前途无量。现竟自丢了鼻子！好在他强似于我的地方是他还有一双眼睛，还可以捂着鼻子到处去找鼻子，间或也可一睹如云淑女之芳容！我可就惨了。本来夜已够黑，没了眼球岂不黑上加黑，或许真的是魔鬼来跟我开个玩笑吧。不过不睹也罢，此等芳容均明里恬静，暗里狰狞。

然而，这不是玩笑。魔鬼真的来了。眼球真的不见了。满世界的人都跟着我变得两眼无珠了。这就是我比那个俄罗斯八等文官较好的一点。他丢了鼻子，不捂着就会被别人看见。我丢了眼球，所有人都跟着丢了，所以谁也看不见谁，何况我眼前还有两个小球球晃来晃去的，倒也不孤单。我也想像那个丢鼻子的俄罗斯人一样，登个广告寻眼球，可是我知道报纸没人看了，电视等一应牌面都被明星占了。更何况登广告找眼珠多么不可思议，且广告费之昂贵也不能不考虑，特别是像我这种因贪吃弄折了牙都舍不得补的人！而老板慈悲发给我的补贴也不过三百又七十五！

  唯一的希望就是我那两颗掉出去的眼珠别在外面再给我添乱，万一被识别出来说不定又有很多莫须有的罪名算在我头上了，过去几年中这种事还少吗？我虽然官不够九品，却也常被四品、五品、六品、七八品的冤枉呢！所以我只好等着别人给我送一两兄新出炉的热面包，说不定也能在那里面找到我的眼球呢！

老

"老,考也,七十曰老。"(又一说为八十。)字形同老人,长发,驼背,手持拐杖,行路缓慢。故指年纪大者。今"老"之用,均在此义。

"老"之同义词如"寿""耆""耄""耋"者,均为"老"。寿者,久也。指人之生命期,或物之使用期,故有"笔之寿以日计,墨之寿以月计,砚之寿以世计"之谓。耆者,老也。六十谓之耆,九十谓耆耈,均指年高望重者(意即年高者未必德高)。古有"庞眉耆耈之老,咸爱惜朝夕"矣!"耄耋"者,八十至九十矣!此男"寿"女"福"之真义也。然耄耋之老虽为高寿,却免不了耄思、耄耄、耄乱、耄夫、耄昏、耄聩等表象,均为老眼昏花、衰朽寿终之症候也。

然人子者,无论古今,有"发愤忘食,乐以忘忧"者,有"快然自足""登涉山水"者,有"溺于文辞,流荡忘返"者,不一而足,均"不知老之将至"者耳。老而不自知,迷途不知返,愚钝也。古有云"宝刀不老"者,指自知已老之人，因老被欺，故以手中宝刀慰之。今亦有年事高而技未衰者，但"宝刀"已非古之"宝刀"，绝技亦非古之绝技矣！众八零后少贤之前，可有五零后非等闲之老辈乎？

老而不服老，不知趣也。家事国事，当急流勇退，虽不求尊性简淡，仙风道骨，却也落得个"知足不辱，知止不殆"，功德无量矣！人生所能得者，自当努力之所已矣。贪者，额外之利必致厚亡。得而不贪，方为识时务者，俊杰也。

然老也确非一无是处。即便英文亦有 as sly as an old fox 之谓，可见"老"确乎有不可废弃之"才"。"才"，经验也。经验者，智慧也。虽时代新而皇历旧，时间久而历弥新，羞之极而冠发怒，然老马识途，老骥伏枥，老有所为，所谓"穷当益坚，老当益壮"是也。娴熟，经验，阅历，无论古今，皆为上卿之资也。用则为宝，不用则废。然之于用者，变废为宝，益于维新，何乐而不为乎？

诗曰：伤怀离抱，天若有情天亦老。岁月蹉跎，天演无情，老之将去，凡人皆无法避之。且往事如烟，缠绵悠远。相见时欢，别离时难。白云无尽，天蓝水浅。浮云游子，更待几时醉卧南山？

灰　娃

"暂且活回自己，只光阴一寸。"灰娃用一朵朵滴露的花，一片片茂密的林，一颗颗忧愁的心，暂存下光阴寸寸。在疗化抑郁的诗里，在"叫人愁"的美面前，在不属于任何主义或流派的"神启"中，活回了她用劳作的节奏、生活的韵律、银色的交响所激荡旋转的那"向死而生"的命。而在"人声水声环飞，树影花影横过"的井台边，在"烟雾绕绕，游云掩拥"的仙居之地，在"群星浮动，月神徜徉，草花树叶轻诉，溪水低回轻歌"的苇丛里，那寸寸的暂存变成了"唤醒往日之梦"的永恒。

灰娃的诗的确富有"异秉"。"神启"自天而降。深邃得令人费解的思在独孤抑郁中诞生。那诗，那思，还有照彻诗与思的闪烁着璀璨光华的梦魂，牵萦着这由老榆和古槐守望着的在风里雨里挺胸走过来的大地。那是饱经忧患的母亲，是在棉田摘花、谷场扬米、井边洗菜、灶头烧饭的妈妈。你"为大地保护它的女儿枪暗自相向晦昧时刻/你周身秘密氤氲梅兰幽馨/你的影像飞向天使翅膀／神意闪烁中你笑着笑着哭了／你那女性温柔的肩头挑起千金重担／慈爱的心上压着万吨石头／你心地虔诚一身朴素／想起你不由人激情无法平静／一阵阵隐隐心疼"。

灰娃爱母亲，爱大地，也就必然爱自然。但她不像爱默生那样爱得超验，不像梭罗那样爱得极端，也不像狄金森那样爱得幽然。而这超验、这极端、这幽然又都融洽地汇成了她对自然的礼赞。山河，水井，四月清晨的阳光，五月的银艾红梅，红睡莲深夜离奇的梦境，深邃馨香、万古悠悠、岁岁开放紫地丁的原野。布谷鸟的歌声从云端摇落荡漾，和着山那边"估衣噢"的叫卖声声。玫瑰、木槿、蜡梅、月季被薰风从沉睡中摇醒，湍流雄狮般抖抖鬃毛在石槽上纵跃飞腾。"钻天杨一行行精神抖擞，树梢高挺着探求云乡。""楸树、栋树青葱绿叶编织清夜的梦"，高大的合欢枝叶则"托举濛濛一层粉红云霞，笼着仲夏月夜的银纱，从水面端详自己的娇丽，却不妨，一阵风潇潇洒洒摇乱了身影"。

灰娃踏着来的脚步一人走遍世间。岁月在她脚下流淌，梢头摇起忧郁坚韧的歌。默默，茫然，她一人顶着生命飕飕陡峭的风浪；她一人流尽人间在峭壁悬崖上迸溅的苦泪；她一人用魔法和热血祭奠走入黄泉的如火的亡魂。岁月飞逝，她幽深的叹息随着记忆的枝叶静静飘落；清风乍起，她心中那只老旧的小船还在滔滔滚滚的洪波中颠簸迷离,在心扉深邃的迷宫里驶向奇异和谐的辽远。她不要玫瑰,而只需常青藤汹涌的波涛;她是一只文豹,"栖于山林,伏于岩穴",深一脚,浅一脚,衔一盏徘徊的灯,伴着光影、风声、蟋蟀的空鸣,走在呜咽奔流的山水中,也像启明星,用诗的清光辉映,叩问伤痕密麻的灵魂。

述与作

苏格拉底述而不作留千古对话。孔子述而不作传万古经纶。释迦牟尼述而不作创建东方一大宗教。耶稣述而不作成就西方一大圣典。

而即使作,古人也概不多言。老子作《道德经》言不过五千。韩非作帝王之术著书五部言不过十万。穆罕默德单凭一本《古兰经》创清真于乱世。《大风歌》只三句其风骨千年盛传。

可见,述与作均不在多而在于精,写与说均不在泛而在于深。今人之作均以多取胜。然作而无述,述而无思,思而无物,空空如也。若有鄙夫问于今之"大师","空空如也",有否"叩其两端而竭焉"者乎?是也,非也,至少我不敢叩其而竭,哪怕一端,不言反倒照生祸端。何况言乎?固有今之诗人者,空空如也,无声无字无符号,盖因此处无声胜有声。盖因古今中外凡大思想者,若言,必言之有衷;若言,必言之有物;若言,必言之凿凿。故夫子面对农夫,见其农事之娴熟,亦不敢轻言耳。

苏格拉底不作，因为他懂得知即无知。孔子不作，因为他认为"君子不器"。佛陀不作，因为他彻悟无常即常。耶稣不作，因为其所言为圣言。故苏格拉底常攀话于街头；孔子游说列国；佛陀乞食敷座而修；耶稣立教而践圣言。而圣言者，必发乎于心，止于践行。真才实学，并非纸上谈兵；学富五车，非指象牙高塔。经典千卷，不如践行圣者一言。述，必有所知。作，必有思想。是故无思无知而作之者，寡闻鲜见，非择善而从，斯为下矣！

古代君子不器。今人不器不为。"器者，各适其用而不能相通"，故中古西方教育皆以通识为本。读书万卷，知识贯通，独立精神，自由思想，是为全。不被异化，不为器用，发挥潜能，全面发展，是为"活"。而今之"君子"者，无不为器活！器者，物也。物者，存在之奢靡之源也。故今之"大师"器之生产，多多益善！然人若以器代物，则必为器所物化。则人必进而异化为器，进而为器所控，进而失却人之本性，成为器物，成为拜金者。今之"大师之作"者以量取胜，量大则名，名大则灵，灵则物至。然若灵之无魂，终将空空如也矣！

嘴

嘴，乃生存之器。生存者，食为先，故齿(此)在上。有口，有齿，能食。何物为食？肉也。故齿下有肉。有肉，必用刀，故刀在上，先刀而后肉。按序排之，齿、刀、肉也。口旁有此三物，嘴也，食之器也。

然人，或动物，生而不仅为食。故嘴有另一功能，即言。有口能言，说也，辩也。故口齿伶俐者，便于口角。故又口，又齿，又刀，共襄以俎人于口食者也。故楚汉之争，主"吃"。然，此吃(杀)非彼吃(食)。吃者，口中有气(乞)也。气者，呼吸也。呼吸者，生存也。故唯呼吸者方存。故吃(杀)对方棋子以存活也。然若气不顺，则血脉阻，血脉阻，非但吃不易，亦"言蹇难"，且命休矣！

人活着，不外乎吃与说。吃则用刀，以杀牲取肉。说则用嘴，以飨口舌之欲。然说亦与吃关而甚密。因说并非总是畅所欲言，酣畅淋漓，无所不尽其言。尝有口吃者，传不通达，言不如意，语言障碍者也。余幼年因觉一邻居结巴有趣，效之。日久惯习，每每表达受阻，跺脚、摆头、伸颈、挤眼、歪嘴，浑身解数无一能解其急，致内心焦虑，面颜无存，数年苦闷。后因学英文，进讲堂，逐字诵读，练得一口语顺句通之英文，进而母语，进而演讲，反倒擅长起"忽悠"来。此即语句顺，则气通；气通，则言辞畅顺矣！进而焦虑尽除，交际无碍矣。

可见事业之成难离嘴功，如今仅凭嘴而获取举世之功者甚众！然嘴能成事，却也能败事。常言道祸从口出，其言不虚。余因性格所致，爱谈天说地，口无遮拦；喜开玩笑，不论时间地点。故尝为人所误所妒，余亦由此受害匪浅。虽非老君之域，却也终落得个"八卦嘴"之名，也因之而成为石泽英太郎笔下的"隐私知道得过多的人"。古人云："言出于口者不可止于人，行发于迩者不可禁于远。"一言既出，虽无恶意，却也必传于隔墙耳。偶有秘闻，说于友听，且指天画地，立誓你我间，却也常遭背弃。古人重然诺，今人轻然信，故今之轻诺寡信者大有人在。外不胜防，唯靠内禁，多缄口，以防不测。

对比之下，吃可谓优好于说。你总不能拒盛宴于千里之外。何况吃人家的毕竟嘴短，不敢擅言。然从另一角度看，"祸从口出"之上句为"病从口入"，意即凡病皆由吃而得。个中缘由，人尽皆知。仅只一"癌"字，竟含三"口"。口多而食积，食积而成山，于病况之下，生绝疾，癌也。故美食勿贪，美酒勿恋，美女勿见。每餐七分见饱，八分即超，切勿贪嘴矣！

见人三缄口，见食三禁口，此乃避免口出之祸，防止口入之病之良方。此一病一祸，皆因嘴，是为嘴快、嘴馋之所为也。正所谓"嘴喳喳"不如"嘴呐"，"嘴巴巴"不如"嘴短"，"嘴打人"不如"嘴花捰撇"，"嘴骨弄"不如"嘴钝"也。凡嘴之欲，需严禁。凡嘴之贪，需远离。凡嘴之功，需勤练。凡嘴之言，需慎听。嘴之张合，维系重大矣！

悍 妻

人尽皆知，苏格拉底娶了一位悍妻，常常责骂他，甚或拳脚相加。每次被责骂，他都要出去走走，而每次刚一开门，一盆冷水便从背后泼来。苏格拉底都会淡淡地自语道：雷声过后必有大雨。似乎在说，这雨也在他所料。

有人说，若不是因为娶了个悍妻，苏格拉底便不会成为哲学家。这听起来有点玄（炫）。但仔细想来，或许真有些道理。因为家里常常雷雨交加，时时狂风大作，所以他经常出来走走，但总是走不远，从未达到六千步，或八千步，更不用说一万步以上了。因为他刚一冒头就会被雅典青年揪住不放，当街向他请教宇宙问题、存在问题、神人共栖问题，但从没有人提出子女上学问题或核酸检测问题。人们总是看到他周围有一群人，但从来看不到他戴口罩。

这似乎在说，苏格拉底的哲学动机来自狂风暴雨的击打，思考能力来自与普通百姓的对话，而哲学家的显赫地位则来自婚姻。难怪他说:"男人无论如何都应该结婚,如果你娶到一个好妻子,你会很幸福;如果娶到一个糟糕的妻子,你会成为一个哲学家。"

然而,苏格拉底并不认为他的妻子糟糕。因为他还说:"如果说我老婆是一匹难以驯服的烈马,那我就是一个高级驯马师。我如果能制服这匹烈马,就什么人都能够应对了。"但这也不能说"彪悍"是他择妻的标准。即使我们相信他的"驾驭"说,这也多半是哲学家的一种自嘲或幽默,也是哲学家予不和谐以和谐之意义的一种能力。毕竟,不管他自知还是不自知,他面相丑陋,远超牧神;他老夫少妻,相差三十!

这种幽默也常见于中国古代哲学。比如,有一次庄子从林中徜徉回来,面带忧伤。门徒问何以如此。答曰:我散步时路遇一服丧女子,手拿扇子猛扇一座新坟。问及为何,女子答:因自己答应丈夫等坟土干了才能改嫁。

苏格拉底死后,气盛彪悍、风韵犹存的老婆是否改嫁,不得而知。但大家都知道的是,苏格拉底临刑前,老婆前去探望,哭得死去活来。但当她看到一群年轻人也来看望苏格拉底时,她主动走开了,把"最后一次谈话"的机会让给了他们,因为她知道这毕竟是自己男人毕生经营的事业。由此看出这位悍妻的远大格局和宽广胸怀。

其实,谁家的女人不唠叨?哪个妻子不展露一点凶悍？用好一点的词儿说那是泼辣，再进一步说那叫魄力，更美好的说法是具有男子气概。习惯了就好！苏格拉底就习惯了，"就像习惯于辘轳的不断咕噜声，而且你也不会介意鹅的咯咯叫吧"，因为鹅还可以给他下蛋呢！

老婆生孩子是不可避免的事。因为一旦为人妻，就必为人母（当然不生孩子的例外也不少见）。故妻子唠叨丈夫、母亲唠叨儿女也是人之常情、天经地义。人生在世讲的是缘分。佛说，无缘不聚，无债不来。缘结了，即善。债来了，即还。这个没商量。需要的只是去努力，而不是逃避。

维多利亚女王临终时说过这样一句话："我已经尽力了。"作为一位始终没有名分的英国国王的贤妻，作为众多拥有光荣归属的英国子民的良母，维多利亚唯此足矣！

信

一封未开启的信，放在一张积满厚厚灰尘的古旧的书桌上。封皮上既无污渍也无"查无此人"的字样，只有蓝色的寄出日期和蓝色的退回日期。

边陲小镇。废弃荒芜的邮局。院内蒿草齐腰，垃圾遍地，异味刺鼻。枯树上挂满了红黑白黄的食品袋。邮局牌匾上的字迹久已模糊，断裂的沟痕里挤满了懒洋洋的棕色蚂蚁。几只乌鸦在屋顶的树尖上无聊地对望着，偶尔发出几声低沉的聒噪。

我抬起头，望着天空慢慢疏散的云，看着它渐渐地稀释为缓缓的风，掠过我滚烫滚烫的面庞。我想起近年来从各地寄来的那一封封无人接收的信，也像散去的云一样缥缈虚无，像风一样来去无踪。人口流动，乡镇居民流移城市，信件也自然没了主人，于是被按姓氏笔画排列在仓库货架上，好比火葬场里没有主儿的骨灰盒，默默地等待着亲人来认领。而预留期一过，便会依规定被销毁。

与骨灰盒不同的是,信,人心之沟通,而非生命之湮灭,因此不仅仅是传递信息的,更是灵魂的相交。笔墨之余倾注了书写者的身体之力、心灵之诚,当手中之笔饱蘸充满激情的墨,挥洒在柔情似水的纸页上,心中的思念、眷恋、期盼,连同那压抑已久的意欲与对方分享的种种感受,就统统倾注于字里行间,用一种无法以任何其他形式表白的方式传达给另一颗跳动的心。当对方读着用心书写的信时,两颗心交汇了,思想感情也随之达到深度的契合。

然而,信息技术的迅猛发展导致一些曾为翘楚的行业逐渐消失。早先的物资公司被各种物流取代;汽车驾驶由于民用轿车的普及而成为人人都会的技能;伊妹儿、短信、微信,一应电子数字通信网络的流行,以及从 EMS 衍生出来的各种快递雨后春笋般地涌现,使得十几年前繁忙的连寄封信都得排长队的邮电行业逐渐萧条了,就如同在疫情的推动下,各种电商正在取代商品专卖和百货销售一样。既然不用动笔就能说话并能瞬间把话语传递给目标,那谁还会待见费时费墨的纸质通信呢?既然半小时"闪送"就能把所需物品送到家门口,谁还会费时费力开车或步行几公里去商铺亲自购买呢?既然一动手指就能支付各种费用,满足各种消费需要,谁还会随身携带大量现金并要警惕随时出现的扒手呢?于是,随着纸质货币的数字化,甚至扒手的行业也行将灭亡了。

我望着桌上那封未曾开启的信，脑海里涌现出校园里从一个图书馆到另一个图书馆的无人操作自动运书机，想起咖啡馆里准确运送饮品与食物的机器人，想起电视广告里大肆吹捧的替孩子们做作业的"作业帮"，更想起不久就将出现的能比人类更温柔、更体贴、更美丽动人，甚至更具人情味的机器伴侣。难道这就是人类自己的技术打造的人的未来世界吗？我们究竟是在走向更加美好的属于人类自己的未来，还是在亲手制作断送人类前程的武器，铸造一个机器和技术的世界？我们是否真的要成为一个"无用阶级"以取代仅几十年前还为革命流血牺牲的"无产阶级"进而"成圣"呢？

冬来了。雪厚了。气爽了。枝条上挂着一层厚厚的冰雪。邮局门口的路也积攒了一堆堆被风卷聚的叶子。偶尔有几只沉默的小鸟和几个不露脸面的行人从那里路过，但也不屑于停留，因为除了货架上摆着的无人接收的信之外，再也没有什么可以让他们留恋的了。因为就连寄送无人认领的信的邮差，也早已改行进城开出租车或送快递去了。边陲小镇的邮局似乎告诉我们，人类正在一步步地把自己的智能变成机器的智能。而当我们要把这一切记录下来的时候，一个记忆、一个想法、一个地点，甚至一个人生，都不过是一种虚无，一场荒凉的梦。

如此文明

（此文由于过于追求"民"，因此有点儿"俗"；又由于过于追求"实"，因此 just a little bit yellow。若给雅素高洁恬静之女性和/或其他读者造成阅读困难，敬请谅解！）

"上厕所""去洗手""解个手"等说法，对于任何人，无论地位高低，贫富贵贱，学问薄厚，都是无法逾越的属于人之常情的，即使皇帝也必"躬亲"的一件事。但就直白明义或时人所谓"接地气"而言，均不如"拉屎""撒尿"来得痛快，何况这本身就是人生快事！记得童年之趣不外乎吃饱了拉、喝足了尿，此外别无烦恼，语言表达也极为简单粗暴。谓之粗暴，是因为长大后，"拉""撒"之类的粗话既自己不说了，又听不见别人说。而常常响在耳边的则是"去方便一下"。语言变得隐讳了，人变得文雅了，社会也便因此而文明起来。

然"拉"和"撒"毕竟是有区别的，就像"上厕所""去洗手""解个手"的语义完全不一样。有人说不就是去个厕所嘛,何必如此刻意雕琢?的确,就是去个厕所。那个特殊的场所决定了特殊的行为和特殊的习惯。颇有布尔迪厄所谓habitus的"味道"。盥洗、洗手和惯洗(习),均在一个"洗"字,倒也蛮谐音的。一种惯习代替了它所指的实践,但这实践是有差异的。"去厕所"干什么?只去"洗手"吗?小时候接受的教育是"饭前便后要洗手"。长大后发现有人"便前便后都洗手"。而这"便"和这"洗"实际上根本就不是一回事。尤为不解的是"解手"。为什么是"解手"而不是"解脚""解腰"或"解带"?仅仅因为内急之人的手是被捆绑着的。但即便如此,要"解"的"手"也有大小之分,因此还是一次性说明"大解"或"小解",甚至"大手"或"小手"为好吧!

而这一切似乎只是为了实用的表达。如今文明成为时尚,教育无孔不入,厕所文明也逐渐复杂起来。数年前唯有蹲便之时,你可在蹲着行事时品读一种厕所文化,大可与当下网上流行之微文学一比高低。如今坐便流行,厕所文化演变为掌上读物。故有一坐就是几十分钟者。当突然从"沉浸式""通识阅读"中醒来急于离去时,忽见"来也匆匆,去也冲冲"一条标语横亘眼前,方知自己来时匆匆,坐时从容,走时几乎忘了冲冲。

而最文明者,莫过于男便池顶部约与你齐眉的标牌,色彩醒目,图文并茂,无厕不有。各种说法,劝慰警示,不一而足。最常见的是劝慰：劝君"上前一小步"，你就赫然"文明一大步"。或警告："如果你不给别人方便，你将不能'方便'！"或正面教育："冲是正大无私的奉献。"或诱惑："冲一冲，你好，我也好。"当然也有威胁："拉屎不冲，天理难容！""不冲厕所，你将成为历史的罪人！"还有老大妈式的娱乐："请方便后一定要：洗刷刷洗刷刷，洗刷刷洗刷刷。"画面动感极强。更有趣的是英汉结合的："冲刷。Just do it!"当然还有全英文的："Don't waste water! Please turn off the cock after you wash your hand."这使我想起数年前不用翻墙就能随便查阅谷歌时，曾见好事者收集整理日本厕所文明用语百余条，均为英语，其中一条写道："Put your cock to the middle, please!"感觉一定是"倾奇"的日本人专门写给粗放的美国大兵的。

综上还只是当代文明之表面，难以显示中华厕所文化之精深。一次与驴友南行，途中内急，喜见一厕标示，便顺之来到一个极为别致的去处。古雅的楼门边立一题为"天地正气"的牌匾，只这四字，已令驴友为之雀跃。再细看去，但见上书"天下英雄豪杰到此俯首称臣，世间贞烈女子进来宽衣解裙"，豪迈之气，势不可挡！驴友不觉连喝："彩！彩！彩！"进得门来，见男宾立身之位更为怡目，面前幽默漫画，色彩柔和，文字生动，读之令人"忘急生智"，一颗怪异的大头之下是两行大字:"不要将手机等异物扔入便池。"(在另一比较粗俗之地我曾看到"请勿在小便池内拉屎"的标语。)下面是两行小字:"脑袋空不要紧,关键是不要进水。"(我曾将此句写入学术论文,专指那些人品学品均匮乏而次品劣品均丰盈之人!)第二站位也同样别致。大头人一手执虾,一手执笔,下面两行大字,曰:"宽衣解带求轻松,一切尽在不言中。"两行小字,曰:"捂好自己的裤裆,尊重别人的裤裆。"(我在另一个极为谦虚的去处也曾看到"勿嘲人短,勿炫己长"的字样。)第三站位大头人作舞状,旁有一小音箱,上坐一黑猫,两行大字书:"上自个的厕所,让别人等憋去。"两行小字书:"用扯淡的态度,面对操蛋的人生。"(我在一个已被遗忘的别处也似曾读到:"自古谁人不拉尿,留下粪便照汗青!")

如厕如此这般,人生更待何如?文明如此沉浸,世界怎奈轻佻?呜呼!此今人之所以为文明之要义也欤!

掉　牙

为响应备战备荒的号召,我和老伴儿商量每天减少一顿饭。上午九点半一顿西洋人称为 brunch 的早午餐,下午四点半一顿中国传统的晚餐。经过半年多的实验,觉得非常好。吃得少了,腹部小了,走起路来脚步也轻了。更何况少烧一顿饭,劳动量减小了,经济上也宽裕了。何乐而不为!

一日,下午四点,晚饭未见动静,腹中略觉饥荒,似乎有了饿的感觉。于是,探头出来,见老伴儿在厨房,便蹑手蹑脚从书房出来,在茶几底层搜寻片刻,迅速从食品盒里抽出一条牛肉干。那是一种名叫"故乡情"的风干牛肉干,摸着很硬,吃着极为爽口,是我吃过的多种牛肉干中最好的一种。这是刚刚毕业的一位硕士生特意从内蒙古寄给我的,说是让我与某驴友自驾旅游时带上,以备不"食"之需。疫情所致,凡人不得随意走动,自驾暂缓了。牛肉干也似乎由于闲置而硬了起来。这日饿感来袭,我想,它终于有机会派上用场了,便趁老伴儿不备，抽一根躲进书房。

第一咬纹丝未动。心想恐是肉干劲道，便使足力气第二咬。一牙下去，只听硌嘣一声脆响，心里好生痛快，想即便带骨肉干，也难逃我之法口，遂咽一口口水，大嚼起来。谁知一嚼肉干未动，再嚼觉有风进，三嚼顿觉口中不同以往，似有大事发生。顺手从口中拿出肉干，定睛看去，见上有一骨，但不是牛的，倒像是一颗参差不齐的人牙。揽镜自照，呜呼，原来竟是自己的一颗久已不知羞耻的门牙。难怪上月初网上算命，说我十一月定会丢点什么。更吊诡的是，前不久还与老伴儿笑话比我小八岁的连襟，说他小小年纪还成了豁牙子。这不，"明里抱拳，暗里踢腿"的忌也犯了。

未出血，无疼痛。一颗门牙就这样从根部折断了，牺牲得毫无价值。我拿着门牙跑进厨房给老伴儿看，她一愣，未得究竟。我一张嘴，她大悟，惊叫说饭菜已好，何不等上几秒钟！我却不以为然，觉得好笑，说了句：凡界又多了一颗舍利子。好在顺利吃上饭，肚子填满了，一切都过去了。

第二天我有英文课。课上，我发现几十名学生齐刷刷地抬头盯着我。我心里那种感觉别说多激动了！即使在清华，也很少看到学生如此认真听讲，想必是今天的内容唤起了他们的兴趣：爱默生的《论美》。自然美，陶冶人的情操，故也能"把我作成诗"。美文的魅力！

何等的思政！人性之善尽在其中。逐渐地，在滔滔不绝的英语流动中，我感到某地方有些不对劲，有个别的音总觉得发得不太对。仔细品来，才发现凡遇到 f 和 v 的音时，有风从口中出。甚至在说 beautiful 时，词尾也漏风，听起来不那么美了！哈！有生以来第一次感到什么叫"说话漏风"。后来又发现每次吃饭我坐的椅子下总有饭粒，哈！这肯定是有生以来从未理解的"口无遮拦"的意味啦！好在疫情虽然好转，但仍提倡戴口罩，否则我真的会吹嘘我的口腔内通风良好呢！

更不可思议的是熟人同事与我对话时的表情！交情甚厚的会直言不讳地说："怎么还掉了牙！"交情一般的会等着我终于忍不住时向他们解释，而且一定要说是牛肉干捣的鬼。而只是一般认识的人也只能看着他们带着异样的眼光离去。我还能做什么呢？

儿子第三天就带我去见了医生，他的高中同学，大学学医，如今在北京开了家上乘的牙科诊所，颇为高档。上乘的医生用高档的锤子敲打着我的免费的牙，批评我用牙过狠，什么硬的都敢嚼，什么软的都敢吃；平素里刷牙像刷鞋垫，但还是刷得不净。我心里嘀咕这小子算得还真准！他给了我四个选择：种牙，镶牙，接牙，维持现状。我选了最后一个。

昨日上班途中，遇到已经退了休的平时一起耍得很好的姐姐们，嘘寒问暖之后，我急着往教室赶，约百多步,听见其中一位说:"还掉了一颗牙!"我回头大喊:"吃牛肉干硌的!"

(补遗:掉牙的事已经发生三个多月了。两周前我不得不开始了补牙的漫长旅程,因为系领导一见面就说我:"装嫩,到老了还没换完牙呢!")

计　算

　　鱼之于水，人之于环境，乃同一种关系。水使鱼得以生存，却为鱼所不见；环境乃人之生存场所，却为人所忽视。正如柏拉图所言，若世界为黄金所铸造，那么唯一能被人类忽视的也就是黄金了。常言道，身在福中不知福，也是这同一个道理。

　　如今，这水，这福，这黄金，似乎为另一样东西所取代，那就是计算。自有数字，即有计算。而计算概念，应始自结绳刻痕以计物之数量之时。自此至今，一种完全不同的"计算思维"也已发展形成，是为信息技术社会之要首。

　　然计算者，据已知数求得未知数之数学方法也。教师上课清点人数，是为求得缺席者之多寡。各生产行业计算产值，是为求得盈亏之平衡点。而指挥官每次战役后需准确了解伤亡数，则为评估现存之战斗力，进而做出存亡之决策。此种计算，均为正能量之权衡者也。

　　由计算之法而生计算之心，人之常情也。古人云：

"故父母之于子也，犹用计算之心以相待也，而况无父子之泽乎！"夫妻以情爱确定亲疏；父子以利益定骨肉亲情；而比夫妻父子疏之远之的君臣，则更需要以利益为权衡的恩泽了。此乃韩非子之"备内"论。其要义无非是"夫以妻之近与子之亲而犹不可信，则其余无可信者矣"。备者，防也。之所以防，因不足以信。而所防者，内部不可信之人也。为何不足以信而防？皆因权钱可致臣弑君、子弑父、夫妻相残等暴力耳。如此之亲密关系亦生如此变故，尚有谁可以信任呢？尚有谁可以不防呢？

然不得不防者实乃计算之负能量。人与人，自古深情不留，唯有套路。套路者，谋事之法也，尝体现为算计，为智慧之偏用，专事损人利己之勾当。算计者，计谋他人之利益者，尝以怨己怨人、瞒心昧己为特征。人情之长，马力之遥，人心之久，皆在胸怀之坦荡，在先人而后己，在克己而修身。最终赢得快乐之身，忘我之神，幸福终老。而戚戚之计算者，尝蝇营狗苟，贪图小利；汲汲营营，心力之劳用于巧取豪夺；算尽机关，终将心力交瘁，痛于焦虑之危局，苦于无助之孤独。正所谓，水至清无鱼，人过察无徒。人过精明，耽于算计，势必无朋无伴，蔽明塞聪。

而今之计算，非但工于心，巧于器，且以电动，故由心脑而电脑，由手动而自动，由纸质而数字耳。故计算或算计之速度，数倍于古人矣！盖因人类三大科学均依托技术。以自然先行，社会随之，而最不可能为数字所控之人文，现今也以"数字人文"为未来之发展矣！何以如此？皆因技术之"术"，已弃方法之本意而从"堆栈"，如谷歌、百度、面书、推特等，作为数字文档、界面工具和计算方法而成为三大科学之便利，却也恰因此便利而被算计者所利用。故有利用产品之量而骗得蝇头小利或百万年金者，有利用算计而获取各级项目及花色面具者，更有专事算计而引青年学子误入学问之歧途者。

方法者，做事之方略耳。如今计算机技术之普及而使计算与数字渗透社会之每一角落，融入生活之每一细节，大有以虚拟世界取代物质世界之可能。吾等置身于中如鱼之于水，分则毙，离则亡。然遨游其中而不知其"至清"，则有被蝇营狗苟之算计者所利用之危，更有失却人之本心本性之险矣！心怀戒备，谨防算计，需凡事计算。这在当下不可算作不仁。凡事三思而后行，周密筹划，做到百密而无一疏，方能制胜。此等计算，按常理，也未必不是正能量之表现矣。如是，算计者终将聪明反被聪明误，算计反被计算矣！

谏／建言

谏，音"贱"。意，规劝也。《说文》谓之"证"。"证"即证伪、证假、证错。又有"正"之谓，意即纠正、矫正、匡正。因之为伪、为假、为错而匡正，因之邪、恶、劣而纠正，是为匡扶正义。故正义兴则"微邪不可不禁也"。正以治则忠言不可不谏／建也。故谏言，直言规劝并给出纠错之选择是也；建言，提倡正义善举之措施是也。

古人言，上有过则规谏之，下有善则傍荐之。上，君长也。下，百姓也。故无人不可不规谏，无人不可不被规谏。规谏而欲匡正之对象必是已成社会之邪风恶习，人人得以口诛笔伐之事体。然若恶习积重难返，大有积非成是之势，危害国家，危害百姓，则必有忠肝义胆之人规谏之。初以言，言无果，则必以身。故有以身相谏者也。

身者，命也。自古以命相谏者甚众，几乎无代不有，皆因邪恶假错无时不在。一种"谏言文化"于是形成。非但历代明君均设规谏院，就连现代突破性企业也专设规谏者席。原因很简单：凡事初发者为新、为善，故吐故而纳之。然践之久，新亦旧。旧则惯之惰之，出现惯性思维、惰性行为、短视规划。一旦形成气候，企业命脉休矣！而决策者又常因身在庐山，不识其真面，故即使慧眼，也常有熟视无睹之嫌。诚如今之学界"唯分数、唯升学、唯文凭、唯论文、唯帽子"已成顽瘴痼疾，若无谏者，则必殃及当今，祸及后世，势必断送民族命脉矣！然谏者即谏，被谏者是否纳谏，则当别论。

细究之，谏言不外人之天性在于服从"权力"。人皆以为掌权者既然掌权，势必信息周全，洞察秋毫，决策英明。即使出现纰漏，亦能及时补救。然人非神圣，孰能无漏。且因身在深山，焉能尽知世外全貌。故需创建"谏言文化"，聚万言以避一弊之繁衍。

然谏言必遭逸言。只因所谏之言必缘起于祸害之根，此祸害之肇始者与获益者必群起而抵抗之，以防权之倾、利之失，更不可让既得之功名利禄因所谏之"建言"而塌陷矣！故而极力遮掩、欺瞒、造势以平息谏言风波，恶极以至于诬陷、残害，致谏言之忠良于死地。而一旦由此而谏言不得纳，建言不予听，谏/建者则必遭谪贬，故有谏言者投江自缢以死相见者，或因痼疾顽症不除而终生忧郁致死者矣！

人如动物，群居以获安全，谏言以防危险，建言以保安逸。除直言直谏者外，若遇有不安于现状者，不满于既定方向者，得厚待仍欲离去者，或老旧客户渐行渐远者，皆为天然"谏言者"——其没有理由不吐真言，而所吐之真言若不为被谏者虑，实为谏者贱；被谏者愚，则离之者众，社群危矣！其权亦危矣！

憨

一种朴实。一种天真。一种呆傻。"憨"字由"敢"而"心",形意为勇敢之心。其形够厚,其意足实,其本狂惑戇陋。故有嘲讽者曰"勇敢的心才能做脚踏实地的事"。

而"戆"者,痴呆、傻气也。故做憨事即做傻事,遂有憨虫、憨子、憨砖、憨哥、憨头狼之称,均为傻瓜、傻蛋、傻X、傻小子之谓。其性别多为男,可谓阳者不及阴者慧矣!

然虽不及阴慧,却又可及女娇。憨极之汉,均可谓娇痴,娇胜宠妃。故有憨生、憨儿、憨嬉、憨怜等表示怜爱宠爱之说。其憨也柔,其傻也顽,故又有憨皮、憨顽、憨跳、憨戏之谓,均作"顽皮嬉戏""恣意玩耍"解。而其本意仍不离"朴实""诚实",亦即"憨诚""憨厚"之美誉。

世间凡事皆有极致。极致之憨之谓铁,故有"铁憨憨"之谓:指脑子发热、一时糊涂,憨至则为傻、痴、呆、迷,为一时糊涂的二愣子、愣头青。做憨事未必果以悲剧,尽管此类铁憨憨时常致其发生。

人若憨、若傻,必以笑为表征。憨笑者,尝不置一词,至厚唇颤抖,喵喵脸红。而杏花若憨,则"闹簇枯枝不肯匀"。人不如花者,在憨之不精不明,淳朴善良,处处替别人着想;诚实简单,脑袋里只装一根筋。而如此没有心机者,连曹操亦不提防,故无人忍心伤害,结果却也佳,所谓憨人有憨福是也。

憨人若憨豆者,笨拙、幼稚、腼腆、思维短路,却无时无刻不上演喜剧,以保守的装扮、极少的对白、丰富的肢体动作、变化多端的表情,把自己表现为极致的低能智障,而给观者带来淋漓尽致甚至令人作呕的幽默。甚至卓别林,也似乎难以望其项背。

然憨者有时未必真憨。喜剧中憨豆之憨状,一眼便知其故作糊涂傻样,是为装憨。有人甚至认为世间所有憨,皆为装。何为装憨?装憨即扮猪吃虎。装憨者,以弱态引你上钩,趁你不备,给你致命一击。故装憨就是隐藏实力,包藏祸心,故与"善"比,"憨"只为掩人耳目,伎俩而已。

如今,装憨被视为真聪明。口无遮拦者,耍小聪明者,轻则招同事烦,重则惹上司恨,故聪明反被聪明误。装憨并非真憨,有城府者也。装憨者非但落得好人缘,亦常常因傻诚而被提拔重用。此方"学问",古人谓之"韬光养晦",是为隐藏才华,暗自修身也。

  人在仕途,"难得糊涂"。此乃为官之道之精辟总结。凡为官者,应效仿板桥先生,制匾以醒脑,糊涂以省心。切不可自恃聪明妄言如杨修者矣!装憨,即是由聪明转入糊涂,故比聪明难,比糊涂更难。故憨者虽非定有大智,却非愚也,而愚弄憨人以图小利者,大愚矣!

莎翁的靴子

莎士比亚与鞋匠之间进行了一场旷日持久的斗争，今天仍在继续。谩骂莎士比亚和美的却不是鞋匠，而是不会做靴子、也永远不会学习做靴子、反倒把时间和精力都用在阅读莎士比亚上的人。加缪如是说。

如今，阅读莎士比亚的人仍不可能做鞋匠，但鞋匠却可以阅读莎士比亚，因为即便在莎士比亚的年代，鞋匠也是有机会去逛逛戏院的。然而，大凡逛过戏院的人，出来后都要品评演技的高低、演员相貌的丑美、故事是否有趣，甚至座椅是否舒服，而最令人刮目相看的，是讨论灵魂得到净化的那些人，但极少有人会谈论莎士比亚的靴子，或莎剧中演员的靴子。如果真的有，且谈得到位的，那一准儿是鞋匠。

人人都得穿鞋，但不一定人人都得读莎士比亚。所以，在莎士比亚与鞋匠之间永远存在着一种个别和普遍的关系。或者说，莎士比亚满足的是一种少数人的个别的需求；鞋匠满足的是所有人的包括莎士比亚本人和鞋匠本人在内的一种普遍的需求，即便鞋匠本人读了莎士比亚，他仍然要穿鞋，但在读了莎士比亚之后鞋匠是否继续做鞋，这就不得而知了。有一点是可以肯定的，那就是，在读了莎士比亚之后，且真的读懂了，鞋匠即使继续做鞋，也不会继续做原来的鞋。他继续做的鞋子肯定会具有莎士比亚的风格，哈姆雷特的、李尔王的、麦克白的、摩尔人的或谋害摩尔人的人的风格。鞋匠的靴子于是就有了改进，被称作创新。由于读懂了莎士比亚而有了创新，鞋匠才绝对不会谩骂莎士比亚。

于是可以推断，谩骂莎士比亚的人或可就是专职阅读和专职研究莎士比亚的人，因为他们没有读懂莎士比亚。之所以没有读懂，不是因为没有博士文凭，而是因为他们没有注意到莎士比亚的靴子，而即使注意到了，也不懂靴子是怎么做的，所以提不出什么实用的改进的建议来，只能浮皮潦草地描摹而已。他们只能根据自己的鞋子来判断莎士比亚的靴子，而他们自己的鞋子又总是合脚的,因为没有人会穿不合脚的鞋子。倘若他们穿上莎士比亚的靴子，他们就会骂它不合脚，于是就吹毛求疵起来。这也倒无可厚非，毕竟有批评家这一行业嘛。

大可厚非的是明明穿着合脚的鞋子,却要大骂鞋子。大骂鞋子的制造者，或就鞋子的质料、颜色、样式或价格品评一番，谓之关于性价比的研究。骂是一种表达，一种反叛。性价比出了问题，该骂。鞋子伤到脚了，该骂。有莎翁的靴子为参照，鞋子还是走歪了路，更该骂。有时候正是因为骂得不够，鞋子才不够好，不如莎翁的靴子那么优秀，一穿就是几百年。不如荷马的兽皮履那么古典，一穿就是几千年。甚或不如原始人的光脚板，因为它和鞋子本来就是一体。说来说去还是合不合脚的问题。莎翁真的很冤，因为他的靴子本不是现代人穿的；鞋匠被无故卷了进来，也是很冤，因为他不过是个行动者，读或不读莎士比亚对于他本来就没什么关系。该骂的是设计者，常常是既不懂莎士比亚又不懂造鞋的人。即使他读了莎士比亚，也不知道莎士比亚穿什么靴子，不知道如何把靴子改成鞋子，最后还是让鞋子走歪了路，就只好等着骂了！而骂者往往是大无畏的先锋，常常是既懂莎士比亚又懂造鞋的人。

常言道，脚正不怕鞋歪。究其实，问题的本质不在鞋子，不在读不读莎士比亚，也不在鞋子的设计或性价比，而在于穿鞋子的脚。不合脚的、设计不美观的、性价比不相符合的鞋子不会自行穿在你的脚上。鞋子是你自己选的，歪路是你自己的脚走出来的，而不是鞋子。

当然，由不懂莎士比亚的鞋匠构成的社会是不幸的；

由只懂莎士比亚而不懂造鞋的人构成的社会也是不幸的；而由既不懂莎士比亚又不懂造鞋的人构成的社会就更为不幸了。

你要走路，就得穿鞋；你要穿鞋，就得懂鞋。而只有既读莎士比亚又会造鞋穿鞋走正路的人才是真"懂"。

沉　默

沉默即言语之无声,而言语之无声并非语言之沉默,而后者绝无可能。前者之可能既在于语言之不可言说性,也在于语言之遮蔽性,或语言之不可译性。不可言说时,沉默;有必要遮蔽时,沉默;不可译时,亦沉默。此沉默,唯不再言语,不再发声,不再书写。而语言仍在,表达仍在,媒介仍在。故曰:语言是言说或书写与思想偶然构成某种关系的场所。构成这种关系的媒介则是思想得以表达的可见形式。

或曰:言语的沉默表现为声音的物质化和词语的图像化。声音变成词语,词语变成图像,图像讲一个故事。抑或,声音变成石头,石头变成雕像,雕像讲一个故事。又抑或,词语变成色彩,色彩变成图画,图画讲一个故事。

变不是单一的,而是多元的。教堂里诵唱的一首歌可以是一块石头,也可以是一幅画,更可以是一首诗。

于是，雕塑、绘画和音乐也就都是沉默的颂歌了。其共性在于它们虽不用文字，却都在讲一个故事。

究其实，诗之实质不在格律，画之实质不在色彩，雕塑之实质不在造型，而音乐之实质也不在乐调。意即，实质不是形式因素，是观者、读者、听者通过这些形式被带入的那个情感境界，那个思想深度，那个引人入胜的故事，那个通过想象和虚构而成为内嵌于语言之中的作为语言之精华的隐喻，那个不得不说而又必须用隐蔽的方式去说的事物本身的究竟。

于是，画所吸引我们的是色彩被忘记后的那个被隐去的境界；音乐所吸引我们的是乐音消失后回荡在我们心中的激情；诗所吸引我们的是言语陷入沉寂后余下的没有表达的思想；雕塑所吸引我们的是形式逃逸后弥散在我们头脑中的印象。

音乐、诗歌、绘画、雕塑等艺术并非像西方哲人所说的用镜子一扫那么简单。艺术家不同于哲人的地方在于他在镜中看到的不是万物的形状，而是面孔在镜中深藏的忧郁；不是大海波涛汹涌的烦躁和喧哗，而是风中煦煦吹开的言语的无声；不是物质世界缤纷炫目的色彩渲染，而是于无声处听惊雷的透视之眼。

物无时无刻不在感受一片叶子落在地面时的那份轻触，无时无刻不在聆听一滴露珠落在叶子上时的那声清脆，无时无刻不在享受一只雄鸟追逐雌鸟时挥洒的那股狂野的温情。自然把一切馈赠于我们，而艺术却是我们所能给予的唯一回报，一种虚无缥缈的却又发自内心的感恩的报答。深情尽在不言中。

代 言

代，取其最简单的字典意思，就是代替、代理。也就是说，当事人不在场，找别人代替理事。代替者曰替身，被代替者曰正身。皇帝微服出访，唯恐宫廷生变，常有找替身代之者。电影中某些规定性动作演员无法完成，找替身代替正身，也是常有的事，比如武打戏和床上戏。更有甚者，古之科考，今之种种考，代考者层出不穷，吾自不必尽数，读者也能知其大致。而若究其原意，替身本是代人受苦者，真正挨打的人、坐监的人，或任何一种充当替罪羊的人。他们常常是因贫穷而为钱充替。过去替身也有图谋不轨的，比如代皇帝处理政务，代人谈情说爱，或代人秘密领取金银珠宝。谓之图谋不轨，是说在实施过程中，这类替代常常发生变故。比如假皇帝变成了真皇帝，床上戏真做，替身带着巨资跑路。大凡这种好事，如今也无须什么替身了。

然而，戏毕竟是戏。床上假戏真做，对于某些渣星来说可谓家常便饭。而现如今"代"字频出，"代"事做多了,词汇也便丰富起来。比如,仅一个"替身",就可有"文替""武替""光替""裸替"和"手替"。仅一个"代"字,就派生出"代言""代理""代驾",而"代驾"又分为酒后代驾、旅游代驾、商务代驾,而最早发生却至今未曾被命名者则是官僚代驾,定义为为当官的驾车。之所以没有命名,是因为这是理所当然、人们习以为常的。随着社会的发展,观念的开放,习俗的演进,这种"代驾"或可由"代孕""代乳""代养"演化而来,进而或可发展为"代吃""代喝""代睡",也未可知。一旦"代""替"频繁了,"事必躬亲"这类事儿也就会逐渐销声匿迹了,而正身也就会因此失去其存在的价值,说不定某一天你会在洗手间里遇到某秘书在为某老板"代便"呢!

然最难办的事就是"代言"。"代言"者,臣子代皇帝草拟诏书也。而在始于古希腊城邦、兴起于现代英国的国家政治体制的代议制里,代言者常指议会或国会,其成员应该是代表人民利益、替人民说话的代言人。如今这个传统也发生了质变,正身的声音越来越弱,而代言者自己的声音却越来越强,最终是越俎代庖了,当然这里所越之"俎"是人民的"饭菜",但所代之"庖"已经不是人民了,而是代言者自己,故重新定义为超越人民的利益而为自己的利益代言。这又好比源自好莱坞而在中国大行其道的"明星代言":明星们不仅能通过广告（代言）来提高自己的却很少是商品的名气，还能赚取大把的钞票，使得"人傻、钱多、速来"的理念像病菌一样扩散开来。

钱多固然是事实，但人未必傻，也未必速来。如今人们看广告也已习以为常，马路边，电梯里，餐桌旁，无处不有，久之，往往导致视觉疲劳，倒胃口，因此不屑一顾。偶有刮目者，也仅看看代言者为何方神圣，而无视所代之品。若遇到令人讨厌之星，或永不陨落之星，或忽明忽灭之星，或正冉冉升起却绯闻缠绕之星，观者也许会因厌星症而痛恨其所代之品。星或许只对追星族是亮的，而追者所追是星之光，非光照之品。消费社会流通的虽然是商品，却也仅仅是具有符号价值的商品而已。

故代者，代己之名而不顾物之所值；言者，言己之利而不顾民众之益。至于流氓、政客诸如特离谱者，其所代之言则更无足以凭信矣！

术

我喜欢做一点点学问,但不喜欢"学术"一词。关于这个词,首先要问的是,学而问还是学而术?问,求知。学而问,求知之正道。术,技艺、方法;古代城市中的道路亦为术,故有正道与邪路、光明大道与歪门邪路之分。

古代学术为治国之术,或学习治国之法。故有"学术以干韩昭侯"之说,有"诸葛孔明千古学术"之赞,亦有痛斥班固"全无学术"而为浮华之士者(且不论此斥正确与否)。此三法,一为治国方略,故学而为官;二为战略战术,故学而为将;三为学识,故学而成真才实学之饱识之士。当然,浮华不学无术者,剽窃他人学识而不为耻者,亦大有人在,故自古有"正学术以还斯文之气脉"之诉求。

今之"学术",轻"学"而重"术",不问真学,而求"外道",不走正路,而求邪术,真可谓"以学术杀天下后世",更可谓以"杀人不见血"之学术"吃人"。

而所谓"重术""外道""邪术""吃人",无非指以不求问或少求问而走捷径者。今林之大、鸟之多,固有争食、抢食而无所不用其"术"者。所争为何?资源也。如今国富民强,资源不断,横向纵向,国家级省部级,校级院级系级,无所不用其"级"。然此"级"也并非不是彼"极"。因若得此多"级"之一种或多种(当然"级"越高则学问就越是了得),就必晋级,又势必"级"越高则顺势爬得越高,故达其极矣!此乃今世学"术"衡量标准之一。言内之意:得资源者,得天下。而欲得资源,则必先舞权弄术。术之高,则资源多。资源多,则面具富。面具富,则能尽掩学疏才寡之真相。

而玩术之手段亦不一而足,但其共同点亦是无所不用其极。此"极"亦同彼"级",意谓:高明者,收获大而多。所谓高明,无非尽卑劣之能事,巴结逢迎,拜师认父,各种把式,无所不尽其用。如今手握资源者,皆为多子之父,多女之母。而其父子母女之情,皆由利益维系之,而利益形式之多,难以尽数,凡光天化日之下不得见人者,均在其列。更有甚者,此家族体系也竟成为传承之血脉矣!

"术"一旦玩开,必一发不可收拾。有个体独自玩者,有团伙结派玩者,亦有执明火无所顾忌之玩者。明火者,明目张胆是也,目无法纪以致民怨是也,为一己之私而全不顾自身形象是也。尝如文坛有作家、批评家、理论家，亦有兼得三职之作家—批评家—理论家者。才气使然，当之无愧。学界亦有专家、学者、教授等从事基础研究之个体和基层工作者，但他们未必身兼多职，面孔多变。多变者，握有资源者，他们均为有权阶层，或手控经费，或权高位重，或斡旋于除学问之外的各种蝇头小利之间不得自拔。于是，一种新身份也已出现：即学者—专家—领导—斡旋者，似乎已形成社会中掌握资本的一个新阶层。社会资源在其手中，研究导向由其掌控，国家命运、人民利益也自然任其"权术"所玩弄矣！

故"术"不为才学，不为学问，不为真正之教育所推崇。学"术"，当为学习方法，切不可拿方法当获取长生不老之方术，更不可当获取学界资本之权术。研究人才之培养，在基本研究方法的训练，在真才实学的累积，在知识的扩展和跨越，最后使研究者将知识转化为智慧，以有用于人类耳。

味　道

清新。沁腑。没错儿，就是这味儿，这遗失了很久很久又被重新拾回的陈年味道。

小时候，它是菜园子里的一棵草，稍不留神，蹒跚学步的我就会被它绊倒。

大了一点，我会用那双无所不能的小手，把它连根薅掉，且不论它是好草还是孬草。

再大一点，我谨记父亲教导的认知，能识别出它是有碍于庄稼成长的杂草，因此决不能让它长高。

再后来，上了小学。这味道，变成了同桌的气息，清新而奇特，滋润着一棵早熟的小苗。就连书本旁也常放着一顶遮阴挡雨的草帽。

青春的味道是春天里铧犁翻过的一把黑土的凝重，是清明节祖先坟上飘起的一缕清香，是五月里锦簇花团的片片桃李，是夏日里鱼欢鸟唱的座座荷塘，也是秋天里漫山遍野恣意傲慢的红红黄黄。呵，一种永不消逝的多彩的味道！

成年的味道里多了一点勤奋，少了一丝浪漫，也平添了一丝丝忧伤。小草早被遗忘了；同桌早已模糊了；七彩的年华也被淹没在书斋腐朽的尘烟里，成为一年一度的奢侈。而一旦事业成就了，就连这稀有的奢侈也动辄让位于声望匆忙的脚步。

再往后，青春逝去，岁月蹉跎。不知不觉间面容多了几道年轮，眼角添了些许皱纹，那曾经清新的味道也充满了岁月的苍劲，闻着像初秋成熟落地的银杏，看着像中秋剥皮露骨的核纹，感觉更像深秋时节落遍山野的松针。坚硬了许多，但也脆弱了许多。

人生的路始终伴随着一种味道。对于我，那不过是一撮黑土做成的一块玛德莱娜点心，其中杂陈的五味无不浸透着家乡溪水的沉吟，叙说着被切分成无数个片段的故事，当然也散发着那股清新的即使忘记了也能依稀重拾的沁人心脾的味道。

灯　光

日月常在，光照昼夜。但灯光却并不是谁能说有就有的。

小时候，只有煤油灯，连蜡烛亦少见，且不论白蜡还是红蜡。偶尔秉灯夜读，不消个把小时，鼻孔面颊俱黑矣。

常言道灯光如昼，而"昼"之空间距离却不一而足。油灯下，空间紧凑而狭小，故精力集中而专注。你身处封闭而松弛的光束之中，随光的强弱排斥距离的长短，在时间的深度里拒绝空间的延展。油灯下，你不会成为永远的外乡客，或永久的缺场者，你与灯光同在，黑暗也距你不远。

电灯则不然。电灯的距离遥远，把你带到油灯的反面。它照亮的依然是封闭的空间，但却是无缝隙的、严实的、毫不泄露的地点。这里，一切都是干净的、纯白的，仿佛清晨的空气清新而晶透。这里，黑暗的缺席造成了时间的绵延，时间的绵延促成了时空的统一，哪怕空间的一隅也都被光明所统摄。你从花瓶的囚室里走出，进入时与空的和平共处之中。

有时候，我喜欢灯光如注，愿意让灯光如瀑布一样磅礴奔泻，而这只有特殊的灯才能做到。它是在舞台上的，只投注于主角的，因此也是孤独的、封闭的、丝毫不会让你走出光圈半步的。在这种严丝合缝之中，你进入往事的深处，在一个狭长的聚光的地带聆听穿越距离的豪迈旋律，在凝聚着所有地点之共时性的虚拟空间里寻找着那些曾经丢失的剩余之物，在尚没有逝去的时间结节中构筑被去除空间的世界，试图延展一种有如流水的连续性。

然而，油也好，电也好，一旦有了光，世界便明亮起来。从油到电的过渡是人类的伟大创举，堪比日月，而胜过日月。因为日月区分了昼夜，而人之电似可消除了昼夜。由此而酿成的这种连续性是一次永不干涸的运动。它从滴水开始，涓涓而成细流，细流汇聚为潮，掀起声势浩大的波涛，最后用波涛的光电照亮未知的远方。

不啻如此。它沿途收集各种模糊的记忆，用色彩缤纷的印象覆盖曾经被摧毁的却又得以重建的现实世界。城市、乡村、花园。动物、商品、艺术。记忆中的点滴，时间中的残片，在寻回的光电空间里缩小和膨胀、封闭和敞开，构成一个个孤立的没有了黑暗的实体，但也是一个个没有了灯光的世界，因为一旦黑暗消失，灯光也随之变得百无一用了。

　　这意味着,流水并非是不腐的,门枢也并非是不蠹的,聚光也不是久远不散的。舞台上聚光的不流动性,它所具有的表演性,随时都会污染那本该流动的水,进而也会导致不常转的门枢锈蚀而遭虫蛀,所谓"流水不腐,户枢不蠹"之所谓也。这也意味着,你若仰望星空,必须首先脚踏大地;你若与光共生,先要迎来黎明,而黎明自夜中来。

名　字

"人民，只有人民，才是历史发展的动力。"公正，豪迈，颠扑不破的真理。然而，在书中，在历史中，甚至在人民自己的心目中，人民被英雄的名字遮蔽了，真理被汹涌澎湃的名词淹没了，历史被编纂历史的人挥毫篡改了。

名字，那些在人民心中挥之不去的名字！我曾经目睹宽敞笔直的斯大林大街被替换成了豪迈英雄的人民大街，而矮小的、灰暗的、被钢筋水泥淹没的纪念碑就相形见绌地矗立在它的中央，扩散成一个车水马龙活力四射的广场，似乎也成为今天发生巨变的现代乃至后现代中小城市的交通障碍。人民被如是凸显出来了。

名字，是历史书中关键词中的关键词，是影视剧中刻画再刻画的明星的表征，更是文明史上雕刻再雕刻的耀眼的辉煌。在德拉克洛瓦鲜明的浪漫主义色彩中，被自由引导的人民，或者说引导着人民的自由，是上半身裸露的女人。她的名字叫莱辛，她手中飘扬的旗帜叫三色旗，远处隐约可见的建筑叫巴黎圣母院。人民被如是阐释出来了。

名字，那些被践踏的名字！美利坚合众国的首都是被淹没的两位历史人物的名字：哥伦布和华盛顿。如今它象征着世界银行、国际货币基金组织，以及不可一世的白宫。历史、艺术、科学；独立、人权、宪法。凡代表人民利益的，应有尽有，但也被流氓恶棍强取豪夺，肆意践踏。就连创造历史的英雄也在其名字的背后彻底挥发了，无人记得了。英雄的名字被如是淹没了。

名字、地点、人物。这是权力得以无限度滥用的名利场。地点的名字，人物的名字。它可以是历史英雄，可以是权贵家族，也可以是流氓政客，但唯独不是历史的缔造者。谁是贞德？谁是马拉？谁是罗伯斯庇尔？被圣化的名字，被美化的名字，被玷污的名字。它们是小说家、艺术家、历史学家的想象的配料，是后现代旅游景点用来升华精神的拓扑学实体，当然也是文化掮客、学术产业甚或大众媒体用来想象一种特殊体貌的道具。名字具有的威望和神秘性使得拥有这些名字的地点和人物也具有了它应有或不应有的威望和神秘性。

地点就是人。名字就是人物。地点和名字共同推出了现代和后现代欲望和梦想的壮丽景观，赋予其鲜亮的或灰暗的或模糊的明星形象，构想其真实的或虚假的或令人难以置信的鲜明特征，描勾其神话的或传奇的或抽象的时代精神。

地点的魅力在于其名字。名字的魅力在于被冠以其名的人物。而人物的魅力在于其旅游胜地风景化的千篇一律。随之而来的，连同男女明星的、流氓政客的、风流学者的，当然更有身价万亿的商贾的——名字，会随同游客留下的垃圾一起被分类，而无可回收者。

地点，空中的岛屿。名字，虚妄的见证。真正沉淀于历史的人物是人民。人民，只有人民，才是历史得以持续发展的动力。

地　点

　　烦躁的城市，素美的乡村，茫莽的草原，曼延的沙漠，咆哮的海洋。我们常常沉浸在这些地点之中，为其神秘覆盖层层面纱，为其奇妙撰写桩桩神话，更为其遥远增添卷卷诗画，而很少注意到这些地点的虚构性和过渡性。

　　小说中不乏地点，而这地点往往脱离现实而显得虚幻。但它实际上是基于小说家针对现实的幻想，即使是科学发现的黑洞，若要里面有类似于人的事件发生，也必然是基于人的世界的。在这个意义上，纯粹的幻想也许并不存在，但幻想的成分又必然是不可或缺的。质言之，人活在人为的时间之中，却又无时无刻不能没有立锥之地。

　　然这立锥之地却又不是依俗见而按大小高低来衡量的，就像人的价值不能依其相貌丑俊来决定一样。比如，金碧辉煌、光亮如镜、桃李周庭的一家豪华酒店，你用斗金也许只换来一口如同嚼蜡的"美味"，而门面很小、看来廉价、进出寒酸的一家老店，却能用分分角角换来满口的浓香，重逢久违的故乡味道。尤其是当你疲乏至极，想要躺下来眯一小觉重拾力量的时候，即使天当被地当床，你也只不过占上一具棺柩的位置。但只要睡得香、躺得舒服，一块仅供一人卧的石头也能解乏提神。

然而，人总不满足于遮身的褴褛、不漏的茅屋、低处的暖流，而明知高处不胜寒，却也要往高处走，尽管这个中含义连一尺顽童都懂得很透。而这一"寒"字却也真冷，因为山脊上因高而结冰，很滑，滑得难以立足，所以爬高至顶峰者只能从左侧上去，转眼间再从右侧滑下。此种滑法，能勘测左右，观不同风景，若要实现，倒也划算。而若左上左下，右上右下，则可谓"爬得高来，跌得也肿"，只落得个哪里来哪里去，尘归尘土归土，而其琼楼玉宇，高位重权，也不过满楼风雨，顷刻塌陷，却又不留一丝风景。

地点具有过渡性。过渡者不是地点本身，而是从中穿行往返的人。在这个意义上，空间即时间，时间即空间，因为空间不过是时间中的驿站，人在那里奔流不息；时间不过是记录事件在空间中发生的线条，在这个线条上，无数看似固定的地点流动着，构成了一个个非空间场所，自以为创造历史的人在那里纷至沓来，变换着生与死的节奏，接替一个又一个替换性的位置，却不为其瞬间性、暂时性、临时性、必死性而觉醒，反倒更迷恋那瞬间的神秘感。这便是英雄悲剧之源。

地点即位置。它占据一个空间，一个流动的过往的任何人都只能短暂徘徊而无法久留的空间。而从另一角度，地点也可以是固定的不变的，但位置却是可轮换的。故时间中的生命之于空间中的位置，实乃换位的关系。若要固着其位，不思变换，则必然因冰冻而下滑跌肿。

醒　来

醒来，不知身处何处。醒来，不知自己是谁。醒来，不知什么年代。童年、少年、青年、成年，还是已经老迈？躺着、走着、坐着，还是悬浮于一片雾霭？真实感在睡与醒的缝隙里消失，灵魂在远与近之间去来，时空在新与旧之间摇摆。我从遥远的某处来到现时，我从依稀的梦境回归世界。但我还是不知道这是哪里。这世界，摇晃、飘荡、游移；这世界，孤立、隔绝、彷徨。周围是滚动的密密麻麻的星球，上下是广袤的无着无落的虚空。一片荒漠，一座围城，一个孤岛。

醒来，是因为还有意识，但意识是模糊的、迷蒙的、神秘的。一曲轻音乐把我带到维也纳的金色大厅，一个我立誓前往但尚未来得及亲履的地方。一丝微风把我吹到加勒比海神奇的岛屿，日落、沙滩、浮潜，拥挤的陌生而又熟悉的人群。一阵隆隆的割草声把我带到一个门口朝当街敞开的花园，草坪、锄草的工人，还有那碎草浓郁鲜美的味道的飘零。一个孩子哭了，哭得沙哑，哭得咽痛，哭得揪心，把我带回到刚醒的时分，那撕裂的、被娇惯的、还未曾进入现实世界的一只雏鹰。

醒来，是因为我活着，而活着就意味着夏日里如火的阳光和冬天里凛冽的寒风；意味着脚下不堪的泥泞和远方大路夺目的光明；意味着超越死亡的苦难和穿越黑暗的黎明。在睡与醒的间隙，我看到杂糅的光线里飘动着轻盈的舞姿；我听到林荫大道婆娑的影子里奏起交响的鸟唱虫鸣；我领略到这生的世界上色彩的缤纷和死的世界临近的可能。在苦难与阳光之间，晚风的和煦与露珠的晶莹尽情体验着人类不冷不热的温情。

醒来，意味着一个接一个的记忆碎片；意味着现在的干涸和过去的充盈；意味着时间的腐朽和空间的飘零。普鲁斯特、乔伊斯、伍尔夫，请把你们的地址留下。总有一天，我将与你们一起散步，一起流连，一起忘情，去斯万家附近的某个花园，或都柏林市郊的某座古塔，或牛津街上某个时髦的店铺。总有一天，我将熟悉你们曾经陌生的面孔，将描画你们曾经勾描过的天空，将重复你们曾不厌其烦地讲过无数遍的故事。还有从彼岸吹来的阵阵沁入心脾的海风，海滩上结队而来的含情脉脉的人群，花园外墙上花花绿绿的无人顾及的涂鸦和风铃。

醒来。瞬间的醒来。我拥有了一个清新的世界，也失去了一个模糊的未来。我在清晰与模糊之间苏醒。我在苏醒与熟睡之间生存。生存就是这似睡似醒同时又非睡非醒的梦。

路

人一生中要走很多路，所谓路漫漫其修远，故路可比作人生。出生时，你的路是被设计好的，比如，你出身高贵，那摆在面前的路就可能是平坦的，意味前程锦绣。如果出身寒微，那路就可能是曲折的，意味拼搏奋斗。然而，这种"因袭"的路并不确定，常常因世道沧桑而起落。故富贵贫贱并非定数。故人必将上下而求索。

路的设计，权且称作"路设"，堪比"人设"，是可以崩塌的。一旦路走歪了，进了歪门邪道，或旁门左道，那路不但走不到尽头，也势必没有了花团锦簇。路要走正，切不可忽左忽右，摇来摆去，活像一只流浪狗沿街乞怜的尾巴。

路本来是不分长短的。人生长路漫漫，征途险恶，跋涉艰难，然走之无愧，终归美好。路之行走，不在长短，而在是否走出"路值"。依鄙见，路不怕短，就怕"短路"。按性价比，路长不等于幸福，路短也不等于痛苦。实言之，路之长短，皆为苦。

路有方向，是为"路向"。常见负责任之路标指示东南西北，供行走之便捷。东路西路，南路北路，任你行，任你走。大志者走南闯北，不畏艰险，为成就大业而奋步疾走，但也不能不问西东。路标指东，则不能走西；路标指南，则不能走北。南北毕竟背道而驰，不能兼顾矣！

路不分上下，但人皆选择上坡路。是谓人不可以走下坡路。故一旦到达顶峰，便无以立足，皆因顶之为顶，只能立一人一足之地是也。大凡能上能下、能屈能伸者，非凡人也。而凡人要想只上不下，只有一条好走的路，那便是西西弗之路。路本无上下。上即下，下即上，若明此理，则人生之路充实矣！

路只朝前走，不可后退，却又不可以不留后路。走的路太多，难免迷失，难免遭逢绝境，势必要有峰回路转、绝路逢生之后备。人皆懂得话不能说绝，事不能做绝，而路更不能走绝。一旦时运不济，多舛之事发生，则唯有悬崖峭壁候之。

路有宽窄，宽者为大，窄者为小，然大小并不相克。常言道，你走你的阳关道，我走我的独木桥，是谓大路朝天，各走一边。但世事难料，路逢断处，宽则求窄，断能狭路逢生。所谓小路弯弯，曲折通天堑，天堑则变通途。

人生之路，终有尽头。行路难，难不在路，难在路之选。

盲　路

时人学习外国技术，无技不引，无术不学。不知从何时起，人行道中有了另一条路，可谓路中路，是专为盲人设计的。自古修路筑桥，多为善举，是为天道，而为盲人修路，可谓善中之善，道中之道，大道至美矣！然则路修得多了，走得惯了，也就忘记了它的用途，而只管走下去，所谓路不问心。

但盲人的路切不可只管走下去而不问心，需步步为营，寸寸走心，十分谨慎才是。因为即便睁眼人的路也布满了荆棘，到处沙砾，随时都可能误入歧途，落入陷阱，乃至丢掉性命。何况盲人之路乎？谁都知道，盲人的路不是靠眼看的，而是靠脚硌的，在眼看的路上修一条脚硌的路，路面呈现有规律的条条点点，使盲人的脚能感觉出那硌来，用足底一条一条一点一点硌下去，路便通了。功德也圆满了。

然世上的路偏偏不那么顺通，盲人的路亦然。有时趁着脚眼不注意，盲人的路上会突然出现一辆甚或一大排自行车、摩托车、小货车、轿车等，仿佛从天而降，赫然间脚不硌了，路不通了，人被阻隔了。有时硌着硌着突然有一擎天大柱立在脚前，或一高墙紧贴一侧，任凭你金刚铁足，腾挪舒展，蹿纵跳跃，也难以动它丝毫。还有时你会碰到令人啼笑皆非的路障，那是专为睁眼人走便捷路设计的：盲人的路突然被两道栅栏隔开，睁眼人耀武扬威、旁若无人地从中间走过，而盲眼人则只能戛然止步，无所适从，不知脚前何物，不知路去何方。脚下硌陡然变成了栏上翻！此种事例不胜枚举。真可谓行善者善其道，行路者知其难。

自古顺天道者不违道，有所为。而今设路障者，算是有所不为，是令盲眼人适可而止，适时而止，可谓张弛有度，收放有界。然有为者所为为盲者之正道；不为者所为亦为睁眼者之便捷。若盲路之侧立柱砌墙为不慎，则设路障停车者必为德之大缺矣！何况据我观察，并非所有路段均设此盲路。公园内，滨河边，小桥上，不见此路，不觉此硌，想必盲人本不见物，故亦无须听万籁、闻花香、触草木而怡悦性情吧！

我尝于行走散步间刻意借盲者之路。为何？为硌。凡人皆知足部穴位二百余，而拨专时艾灸既费时又费银，何不借此便道而硌之？悦之？当然，切不可为此硌之悦而不问心，与盲者竞。见盲不助而与之争路者，德行尽失矣！

词与情感

情感不是词语。情感是事实。情感必须与词语区别开来。此乃大师所言,而大师所言极是!

试问天下俗人有多少能把所说的什么与实际发生的什么区别开来,也即把词语与事实区别开来?情感一旦发生,即成喜怒哀乐,即成物质事实。你哭,你笑,你愤怒,你激情四溢,你麻木不仁,你沮丧低落,你有爱恨情仇,你有悲欢离合,你有惊恐忧思。你对生活充满了感受。

于是,你说,这一切的一切都是我的情感。于是,你就处于某种情感状态之中,那是情感的物质形式,或者是情感事件的发生。你用词语记叙它的发生,描述它的经过,追溯它的起因和结果。是的,你在讲述一个故事。一句话,你在用语言命名。

但你的讲述、描述、记叙依然是语言的,而不是实际的发生。实际的发生就在你体验情感的瞬间。说它是瞬间,可那瞬间并不存在。你极度愤怒时,时间不存在。

你极度快乐时，时间不存在。你极度孤独时，时间也不存在。时间已经在你的身体体验之中，融入了你的欲望以及欲望的实现，你的身心与时间产生了共鸣。

而一旦你用一个词描述你的感受，时间、思想、经验就介入了。一个称呼，一个名字，一个符号。你称那个时刻为愤怒，于是"愤怒"就代替了所发生的事件。它成为过去，成为叙事，成为历史。作为词或名称或符号的"愤怒"就进入了你的语言，进入了你的思考。当同类的事件再度发生时，你会识别出来，说，噢，这是愤怒。而一旦你这样做了，这样说了，那愤怒就不是你刚刚在说之前所体验的那个愤怒了，因为你已经在思考、在比较此次的愤怒和以前的愤怒了。你在用词语表达、叙述、表征，同时也在遮蔽、掩盖、隐藏，将其抛入语言的无底深渊之中了！

你用词语讲述过的、用色彩描画过的，或用音调歌唱过的情感不是真正发生于瞬间内与你身心合一而产生共鸣的那个情感。

词即词。物即物。事实即事实。词语不是真实的发生，因此也当然不是所发生的情感。我们用词语表达某种意思，陈述某个事件，描画某个物体。我们竭尽全力把所发生的事情"如实"呈现出来，写在书面上，画在画布上，甚至用影像重新表演出来。我们说，啊，真是栩栩如生！太逼真了！如入其境、如见其人！但依然是

"如",而不是"是",依然是词语的编织、形象的描述,而不是事实。

词不是物,词只是对物的命名。词不是事实,词只是对事实的讲述。因此,真实的情感不是说出来的,而是做出来的。它是事实,在实际发生之中,在物质的体验之中。一旦表达出来,就会出现偏差,甚至歪曲、夸张、矮化、诬蔑和谩骂。此时,词与物这两条平行线人为地相交了,也就是被有目的性地摆置了。平行状态不平行了,事实被词语重置了。两个点不再分离,被强行联结起来。于是,点变成了线,情感变成了故事,故事变成了概念,最终成为理论家喋喋不休的口实,成为批评家用以果腹的口粮,或可成为政客利用的资本了。

诙　谐

女秘书在前酋长的追悼会上泣不成声,轮到她发言时,她说:"亲爱的老酋长走了,走得那样匆忙,居然没说声抱歉,没握握手,更没有拥抱,就走了。新酋长来了,来得那么快,那么及时,就仿佛刚刚来就已经又要走了,就仿佛我们今天在参加他的追悼会。"说着便大哭起来。

在场的人先是一愣,然后陡地静了下来。有人用手捂住了嘴,有人双唇紧闭,有人实在憋不住了,扑哧起来。接着追悼会被大笑声充塞了。

大家都笑的时候,女秘书没有笑。她拉着新酋长的手,安详地站在老酋长身旁,深情地望着老酋长的脸,无怨无悔。她等了三分钟,见笑声渐渐小起来,又说:"新老酋长交接的时候恰值我当班。感谢老酋长的无微不至,把我托付给新酋长,每一份档案,每一个细节,每一次行动,都交代得清清楚楚。甚至手把手地……"她又泣不成声了。

听众的脸鼓涨得通红,但还是憋口气听下去。

"还记得酉国东头的那棵老槐树吧?那是我们办公的地方。每一次办公到深夜,灯芯短了再加长,油烧干了再添上。有谁能像他那样兢兢业业,有谁能像他那样持之以恒,有谁能像他那样斗志不减,既公平公正又精心呵护,对每一个秘书都悉心培养,珍爱有加。"

只听一片哭声从灵堂后面传来,里面夹杂着刚出生不久的婴儿们咂咂的吃奶声,不懂事的小孩子们的打闹声,懂事的大孩子们的哭爹喊娘声。

大家实在憋不出话来,就报以热烈的掌声。女秘书擦干了眼泪,握紧拳头接着说:"一个酉长倒下去,千万个酉长站起来。"

说着,她望着老酉长安详的脸,满心宽慰。

"放心地去吧。那边还有更加崇高的事业等着你,更多的人需要你呵护。你要继续发扬你的战斗精神,把油灯捻亮再捻亮,让战斗的灯芯加长再加长……我们一定不忘您的滋养和哺育,在广阔天地里耕耘,让种子发芽、出土、开花、结果。前仆后继,把您这杆不灭的灯永远传下去。我们一定在新酉长的带领下,大力引进技术和人才,继续开发你制定的变灯为蜡、变灯火为烛火、变灯芯为烛杆的振酉大计。烛明则国盛。最后,请允许我向新酉长表决心……"

呜……呜……呜……

恐 惧

在一个组合中,男友担心女友"跑路",夫妻担心对方"劈腿",职员担心开会时"走神",教师担心讲课时"走嘴"。在另一个组合中,父母担心学龄子女"晚归",女婿担心丈母娘"白眼",儿媳妇担心婆婆"要郎",中学生担心父母"战狼"。在第三个组合中,街头行走担心"碰瓷儿",开车直行担心"撞人儿",空中飞行担心直降,花园谈情担心监控。还有一个组合,下馆子担心饭菜太咸太甜,考试后担心卷面低分低颜,爬山担心膝骨损坏,买房担心房价大减。

担心无孔不入,渗透到生活和工作的方方面面,影响着各种人际关系和思想感情的交流,弄得谨小慎微的人战战兢兢。而一旦久了,必然酿成恐惧。恐惧是一种心理状态,也是最重要的情感,其实也并非总是产生负面影响,因为它毕竟不比如前所述的"担心"那样世俗。这无疑意味着,恐惧也有世俗和高雅之分。高雅的恐惧不仅在精神分析学中是不可或缺的,就连文学艺术这些小众的游戏，也离不开恐惧，抑或是文学艺术得以产生的重要原因之一，因为恐惧可以产生遐想，因为文学艺术的功能就是通过怜悯和恐惧达到灵魂的洗练。

阿奎那早在13世纪就列出了人最容易犯的七宗罪：傲慢、妒忌、暴食、贪婪、懒惰、淫欲、愤怒。恐惧不在其列。恐惧不是罪，反倒是对罪的遏制。对七宗罪的惩罚如此令人胆寒，甚至于通过使人产生恐惧感而起到法律和道德的规训作用。比如，犯淫欲之罪者必死于硫黄和火焰的熏闷，是为以烈火灭其欲火。犯暴食罪者将被迫进食老鼠、蟾蜍和蛇，必为以恶心治贪嘴之正法。犯贪婪罪者必进翻滚的油锅，蒙受煎炸之苦，使所贪之油回归原处。如果你一生怠惰，好吃懒做，死后必遭蛇咬。如果你易于暴怒，动辄家暴，死后尸体必被肢解。如果你常常妒火中烧，妒贤嫉能，那就等着在冰水中灭火吧！如果你傲慢，目中无人，你必遭五马分尸之苦。想想但丁的地狱和炼狱，经历一下在九层七级的"喜剧"舞台上上演的《神曲》，谁还能有恃无恐，继续为非歹呢？

但丁的《神曲》虽说是了不起的艺术，实则不怎么高雅，因为所描写的毕竟都是进不了天堂的肮脏龌龊之徒。还有些作家，比如爱伦·坡和波德莱尔这种堂而皇之的诗人，总喜欢在笔下塑造几个恐怖形象，让读者心生畏惧。一个人总是要做梦的，但为什么坡非要梦见会说话的态度极端强硬的乌鸦？夏日清晨是多么美好，可为什么夏尔偏要在阳光明媚、铺满鲜花的小路上放一具发臭的腐尸？有些疯疯癫癫的作家甚至乐于想象超出人类想象之所及的事物：来自外星球的令人畏惧的怪物不知什么时候从什么地方进入了五岁男孩的房间；一只古老的木船行驶在空荡荡的没有草木的绿色沙漠上；咚咚地来咚咚地去的脚步声不停地响在一个不眠的深夜的门口。虽说读惯了科幻，但这其实也蛮够瘆人的了。

恐惧无处不在，但对造成恐惧之感的原因却少有人追究。而既然如此恐怖，乃至令人胆破，却仍有人无所畏惧，知罪而犯，个中原因不得而知。时下最令人恐惧的是恐怖主义，而最大的恐怖分子莫过于打着反恐旗号干恐怖勾当的人，抑或鬼。明明是沙漠里的一具干尸，却非要吃成胖子，装成现代受膏者，悦纳世上的权柄，侍奉香气四溢却早已透壳的瘪胸，用冒火的眸子搜寻被野兽吃剩的残骸，一旦捕获，便将其舔尽。

世界睡了，梦中的醒者真的无所畏惧吗？

虚与实

据说竟然是我们中国人发明了构成物质世界的两大元素：虚与实。说起二者，习惯上我总要把实放在前面，而做起事来，却又无意识地把这顺序颠倒过来。这或许是因为在现实生活中，我们有太多顺利的、有利可图的、招人稀罕的虚，而在人生途中又缺少太务实的、太操守的、太容易被诬蔑的实。

夏天的雨总是实实在在地击打在被往日的洪水冲刷得过硬的坚实的沙地上。被第一次雨激起的虚泡泡的冒烟的灰尘不见了，或许已经被这雨、这风、这热石化了，变得无比坚硬起来，就连路边的小草也坚挺地饱满了。每当阵阵暴雨袭过，被压垮被吹倒几乎被彻底摧毁的小草都顽强地抬起头，抖落头上、脸上、蒙在眼窝里的雨水，慢慢扶起疲惫的耷拉着的侥幸没被打碎的叶子。阳光晒下来，一缕缕地把空气中实实在在的氧气、紫外线和维生素补充到叶子中来，再通过挺直的腰杆输送到根部扎实的扩展的须子里。小草又实实在在地活过来了。一次又一次，一岁又一岁，多亏了这厚重的、持久的、永不放弃的坚毅。

然而，看起来很结实的生命，平日里咋咋呼呼、活蹦乱跳的小活物，就连挺拔入云、苍翠繁茂、垂荫蔽日的参天大树，实际上也难逃夏日雷雨的惩罚。每次瓢泼大雨浇灌之后，在校园的小路上，在公园的池塘边，甚至在被水冲刷得从未如此干净的马路上，都会看到一棵棵连根拔起的大树，一只只被拍在泥水里的蝴蝶和蜻蜓，一个个从树上跳下等待行人咯吱咯吱踩响的蜗牛，还有一条条勉强在柏油路或水泥地上艰难爬行但又难逃厄运的蚯蚓。看起来多么实在的生命，多么粗壮的树干，多么坚固的砂石，竟然被如此柔顺的水所克服，攻破，甚至毁灭。

这坚柔若水的自然界令我想起生活中的另一种虚与实。这不是发生在大自然的冷热雨雪之中，而发生在频频与大自然对峙的腥风血雨的人类社会，这里的一切都与嘴和脸相关。我时常看到毫无表情的脸上淌着泉涌般虚假的泪水，紧闭着的、唇上涂了脂的嘴发出号啕的大哭，就好像巴金小说中守灵和送葬的女人们。我时常听（不是闻）到一些鼓鼓囊囊的声音里发出十几天没刷牙的味道，而种种莫须有的吹嘘却也能从未曾下咽的鱼虾的嘴里发出，可谓嘴中嘴的乱炖。我时常遇到一些眯着眼的微笑或张着血盆大口但转眼间就会被用于他处的大笑，这给我留下的不是先被热炒而后被凉拌的遗憾和气恼，而是灵魂被绑架并遭强暴的痛苦。这些快速的变脸就如同同样快速增长的贡献率、创新率、计划率，那些云中逐月、雾里看花的项目，那些听起来神乎近于邪乎而落实起来没边儿的口号和数字，还有那些明明打着瞌睡却又在领导讲话时强忍着睁开的实在惨不忍睹的一双双看不见眼珠的白眼。这都是人的脸实实在在地映射出来的不同于自然界的虚假的社会景观。

我终于明白这排成队的甚至鱼贯而入的脸其实不是身体，而只是脸，把身体远远抛在后面的脸，脱离了身体的只表"意"而不表"情"的脸。我还明白这只是高智商的有理性的会思考的人的脸，而不是低智商的甚至没有智商的既没有语言也没有理性的动物的脸。顿时，我意识到我养过的猫狗甚至家里的老鼠从来不会笑，从没做过高深莫测的创新，从未被授予家内外的任何头衔，也从未发出那般怪异的令猫狗鼠毛骨悚然的大笑或让人都讳莫高深的微笑。我忽然觉得动物们只有一张脸一张嘴是不够的。它们要想成为人类，就必须学习人类从脸到脸、从嘴到嘴的谱系性进化，而不必顾及从心到心、从做到做的静物般的实在。我感谢夏天的雨的冲刷和启迪，也希望夏天的雨会时常地来，否则这地上的污泥和人脸上的笑意以及那闷热给身体添加的臭汗就无法荡涤了。

静

在一个被冷落却又在特殊时段里拥挤而非凡的去处，我遇到了一位学子，年轻潇洒，举止不俗。言谈中稍有些局促，但不乏大度，坦率诚实。我问他：你们年轻人现在觉得最需要的是什么？口气颇像采访记者。

他说现在他最需要的是静。

一时间我没有反应过来。环四周使劲儿看了看，没看见什么人；朝上下使劲儿竖起耳朵听，也没听见什么声音。只有远处从云里飘来悠扬的能够使人在嘈杂闹市中尽享寂静的钢琴曲。

我本人在闲来无事时就喜欢静，常来这荒野无人之处打发时间。阒然无声，万籁尽息，体验这瞬间的安宁，尽管耳中也常常响起隆隆的战地炮火、潇潇的战马嘶鸣。

不经意间我看出他眼中透露出些许的忧郁，目光中似乎书写着已经投出许久但又久不见回音的卡夫卡式诉状，于是我尝试着给他讲一些小小的道理。说这本来就是一个充满噪音的世界，至少其背景是由噪音构成的。

想一想你每天的生活吧！清晨，你在大妈广场舞的有氧乐曲中醒来。你伸伸懒腰，老婆叫你洗漱，妈妈喊你早餐，孩子喊着要上学。这一波潮汐退去，马上又进入办公室的漩涡。老板吵着朝你要计划，主任骂着让你快交报表，旁边格子里的女职员昨晚和老公吵架了，哭哭啼啼，你还得去安慰几句。中午匆匆吃口快餐，结果快餐店里几个人因价格和服务员吵了起来，一碗刚刚端出来的热汤被打翻了，溅了你刚刚换上的准备下午出差的一身衣服。好不容易挤出时间回家换了一身新的，寻思着列车比飞机的好处就是路上整体时间稍长一些，可以用这段时间补回缺了几天的觉。结果你的身旁是位大嫂，大嫂带着一个刚会说话的孩子和另一个到处乱跑的孩子。后面座位上是几位刚刚旅游回来的老大妈，哗啦哗啦地轮番宣讲着人人皆知的见闻。前面居然还有四位老爷们在打扑克。结果可想而知，你的觉……

那位学子似乎后退了几步。我猛然间发现自己作为教师的职业病又犯了，也就是那见着谁都是自己的学生的那种滔滔不绝的话痨病，好像我也成了那些噪音制造者中的一员。其实我不过是给他举了几个特别常见的例子，还有一些没来得及说呢。比如，昨天我们单位开会，大领导讲话用了一个小时六十分钟，其间要求必须鼓掌而且达到震耳欲聋的程度的就有四次，每次要长达三分钟。二领导讲话用了六十分钟加一个小时，鼓掌虽然只安排三处但也要求每次长达两分半钟,也要热烈到振聋发聩的程度,主持人说震耳欲聋比振聋发聩更强烈一些。说到主持人那就更不像话了。他用的时间几乎就是大领导用的时间的一半!再加上二领导所用时间的一半!!而且说起话来既震耳欲聋又振聋发聩!!!速度像唠家常而音高像吹喇叭。这还不算是最糟的,最糟的是当你与著名学者见面的时候。有一次我被安排参加一个活动,说是外省某兄弟单位来学习取经的,让我去介绍一下有关经验。不幸的是,临时来了一个大咖,出于礼貌就让他先说几句吧(本来没有安排他发言,据说他没有大块时间发言,只是出出面壮壮场,俗话说就是嘚瑟一下,然后就退场的),谁知这几句变成了长篇大论,一论就是两个半小时,其间还有两个谄媚者附庸风雅,阔口侈捧,唾沫星子喷了我一脸,尽管我离他少说也有一丈远。结果我和其他人根本就没开口,人家登机的时间就到了。据说那个大咖还是双一流大学毕业的,现在在一所比这个双一流排名只靠前一点点的大学里当院长,可是整个谈话中没有一句是集体的经验,除了如何弃母校而投明,其余百分之二百是奢谈自己的辉煌,说穿了,这在汉语中叫吹牛,在英语中叫吹马(talk horse),管他呢……

我又戛然而止,因为我突然发现这位青年学子的面孔已经略显苍老了,仿佛我已阔论经年,令他衰弱,而战马嘶鸣,噪声依旧。问之,不答。遂知中文之牛、英文之马在此已然变成一头嘶吼的驴了，可谓 talk donkey。

然而，talk donkey 其实也是 donkey talks。驴者，马属而非马，似马但不是马。所以英语中的 talk horse 若变成 talk donkey，便肯定非同寻常，奇葩犹如现今国际国内之鬼哭狼嚎者也！可是我的话还是没完。"牛"也好，"马"也好，"驴"也好，真正的吹都不是用嘴的，而是用笔的，靠量的，更是靠玩"术"的，因"术"之高超在当下是满足一切欲望之根本。比如今之一切所谓学术，其优胜者，少在学，多在术。书面的喧哗、舆论的骚动、世界的嬗变、地球的危机，皆由此等不用嘴的沉默的"吹"造成的，其成果，无论是否获奖，都可谓颠覆性的。

时间刹那飞逝。那学子因着公事私事一应俗事，带着满身的烦躁匆忙地离开了。我傻望着他的背影，不觉慨叹。荒野依旧阒然。举头看天，乌云笼罩，暴雨狂风，雷鸣电闪。再想这位青年，满脸的愁云似乎更加惨淡。我唯一能做的，就是期盼雨后的风平浪静，并带来万丈彩虹。

诗人眼中的猫

埃及人既供奉猫神又供奉狗神。中国人既喜欢猫又喜欢狗。这是因为猫和狗并不像猫和鼠那样是完全对立的；甚或猫和鼠也不是，如果猫不是像人类饕食动物肉那样饕食鼠肉的话。

一只猫不是一只猫。对于孤独或喜欢孤独的人来说，猫是一种精神，一个神秘的伙伴。而且，如果碰巧那又是一只令马拉美垂涎的白猫的话，它会被看作一种洁白的创造。他把手伸进白猫的白毛里，一种进入灵魂的令人怆然泪下的孤独感便油然而生。那是诗的源泉。

雪白的舒展开来的风情万种的后背，清澈的金色的晨光照亮的那片雪白。它的两扇窗紧紧闭锁着，里面不冷不热的阴暗中鼾声连连。这是瓦雷里的比主人自身还著名的白猫。她着一件像黎明的冰川一样耀眼的外套，外套下是脆弱又结实的苗条身材，紧身束腰的中国古代大家闺秀的慵懒也会在那外套之下缠绵出一种美来。古老的魂灵在哲学家的理性与女人的肉体的结合中复活了，高贵的冷漠和无价的傲慢，除了光，其余的都不重要。

一旦家里家外煤烟肆虐，扫烟囱的小男孩不知了去向，家具的皮面不久就浸透了黑色的煤尘，熏黑了巷尾街头，白猫在那里滚动，骤然变成了黑猫。它的大脑袋上长一副瘦脸，一个凡人不得见的鬼魂。目光击打在那脸上，厚厚的黑色皮毛下发出回声，吸去了世上最敏锐的注视、凝视、瞪视，连仅存的一点好奇也毫无愧色地全然不见了。那是里尔克的咆哮的狂人般的黑猫。它愤怒地号叫着冲进黑夜，动辄怦然撞击坚固的墙壁，直到那愤怒平息、墙壁倒塌。它隐藏起曾经有过的全部面孔，阴险的、恐怖的、忧郁的，在一个猝不及防的瞬间冲到你面前，用一种惨淡的凉月之光紧盯着你，而在你的回望中，在它那黄金般的琥珀眼球上，一个渺小的史前的苍蝇就悬浮在那里。

白猫也好，黑猫也好，对务实的人来说，只要抓住老鼠就是好猫。好猫，能抓老鼠的猫。它躲在阴冷的角落里，像王尔德眼中美丽的沉默的斯芬克斯，不动声色，神圣不可侵犯，甚至夜晚银白的月色，白昼炫目明亮的日光，都不值得转睛。黎明逝去，夜幕降临，星移斗转，物是人非，它依然躺在那个中国造的镶金边的垫子上，绸缎般的媚眼，丝绸般的柔软，那皮毛的慵懒中透出清晰的涟漪般的波纹，一位精致的半是女人、半是动物的怪异的管家。只是那黄色象牙般的利爪，角蝰般凶狠的尾巴，那双睡意浓浓却警觉万分的眼睛，以及狄金森笔下抓住老鼠后暂不食用而先折磨玩耍的那份矫情，使它成为躺在波德莱尔心窝里魅力四射的猫。

但它并非是专为波氏日夜操劳的精致的管家，而是藏起利爪、美丽的眼边镶着金银和玛瑙的情人。手指慢悠悠地轻抚情人的秀发和弹性的后背，触摸其带电的肉体，领受其欢悦目光中阴冷神秘锋利的光芒，陶醉其褐色肌肤散发的四处飘荡的一丝淡淡的令人战栗的幽香。躺在我的心窝里吧，波氏边掏出心窝子边深情地说，美丽的猫！

不幸的是，这只美丽的猫很快就过了更年期。光荣的过去，年轻时伟大光荣的业绩，那绿珍珠般的明眸，天鹅绒般的听觉，隐藏起来的无比锋利的爪，一生中祸害了多少老鼠，多少小鱼，还有刚出窝的稚鸡。在济慈眼里，它确实已经老了，没有了青春韶华，原本秀丽的胸部现在只落得个上气不接下气，原本角蜂般凶狠的尾巴已经哆哆嗦嗦地忍气吞声地乞怜，最终，年轻时的那副或洁白如玉或乌黑锃亮的皮囊也被挂在了竞技场墙壁上的玻璃橱窗里。

可是啊，猫还是博得了博尔赫斯的赞美，甚或他那份极少与人的亲密。他赞美猫月光下豹的身型，凭借着那神谕般的神秘，猫比恒河神圣，比落日遥远。猫是孤独，猫是静寂。博尔赫斯用谄媚的手抚摸猫的绒缎般的背，仿佛进入了另一个时代，做起了无人主宰的梦。

光与影

　　光影应诗人不可抗拒的邀约在大自然中做客时留下了一串串图像的记忆。它没有给诗、画、音乐三域划出非常鲜明的界限，而只提供了它们用以抵制天空之变幻、大地之永恒、遐思之高远的不同媒介。

　　在色彩变幻的珐琅表盘上，光影在空间的往复循环中历经时间的洗练淘沙。清晨，浸透露珠的阳光从林中轻浮的薄雾中零星地照在相互颔首致意的片片叶子上，向倾耳聆听的目不转睛的眼神诉说着夜晚轻声吐露的哀伤，影子在恋恋不舍的乐声中挪移着不情愿的脚步。

　　正午的艳阳总是不给人们留下可以缅怀的影像，却把早的清澈和晚的朦胧幻化成炽烈的白色，在一天中最炙热的时刻让世界呈现纯粹的透明。当午后徐徐的微风从侧面吹来，打破这垂直的没有暗影陪伴的平静，此时，只有在此时，我们才能感觉到湖面漫漫浓雾消散之后渐渐显现的水中倒影的神奇。

　　当不可思议的目光从午后湖面的倒影移向天际，淡淡的粉红色一秒一秒地渐变成浓浊的红色时，即使最浓抹的彩釉也无法满足西边天际的饱满的不分彼此的光。即使用万倍的放大镜也不见得分辨出那火球之下的层层叠嶂，那层层叠嶂之下的丛丛树林，还有映在湖面上逆向回溯的丛丛树林、层层叠嶂和火红得已经浑浊的球。

画笔掀起了一阵阵持续的风，把时而轻如呼吸、时而重如沙暴的音乐吹在诗人无邪的脸上。诗人把胸中淤积的丝丝温情用力投到词的翻江倒海的波涛之中，把歌者心中对宇宙命运的共鸣唱给被大海浸透的一草一木。当夜幕把疲乏的大地拥入昏昏欲睡的怀抱之时，歌声落在了少女明艳如花的面颊上。

每逢这时，灵魂绝不会在光影于色彩、词语和节奏的等价交换中缺席。每逢这时，脚下迈动的那股神秘力量就不由自主地失去了继续前行的渴望，而驻足于那令山林震荡、令江河澎湃、令落霞叠影的宇宙旋律。山川、湖海、平原、草原、戈壁、村庄、城镇、人群、鸟兽、鱼虫，整个世界都在这宇宙的旋律中透过浸心入脾的"成色"进入价值交换的市场。万物都有其价值。

这种画，比起观赏，更需要倾听；这种乐，比起倾听，更需要吟诵；这种歌，比起吟诵，更需要冥想。那是美之源，思之泉，善之缘。寂静，虚静，动静。

滋养心智的视、听、言。天上的行云，地上的流水。画面上的一点醒目的朱砂，松林中的一声清脆的笛声。

满天乌云中透出的一点湛蓝，美味佳肴中的一粒香辣的胡椒。运河边一条漫无尽头的小路，荷花群中一道鲜亮宽敞的水道。如此照耀世界的光明，如此挑战世界的黑暗。只需一点，便是足够。

心灵的一种纯粹和善意在此表现为对真的柔情和对实的效忠。不把自己所知表现为知，而把存在表现为不存在。不把简洁表现为复杂，而把裸露表现为幻化。那景象、那乐音、那词语，以自身心灵的高贵在光影交错的空间中唤起时间的连续，接待、甄别、分配被寂静所充满的七彩光线。一种深度的伤感。一种透明的愉悦。一种永远倾斜着的光中影、影中光。

光影中裹挟着忽隐忽现的爱、忽来忽去的痛，和从不忽然闪现的自责，而只能从脸上细微的蓝、黄、灰中追溯死亡的踪影。此时，感伤和愉悦都化作细碎的风拂动一排排参差不齐的白杨，摇曳的枝头也在明亮的阳光下模糊起来。于是，那倾斜的光影就或可潜入一条流动的河，或可映入森林中的一片净土，或可用重叠的白色、灰色和褐色营造出被冰雪覆盖的暖洋洋的春意。

键　盘

我喜欢在这些不是由笔纸构成的空间里用文字勾画一幅幅没有标点也没有色彩的图画。虽然其空间的流动也与纸笔一样是受限制的、有边框的，我的文字也无法溢出眼前这个空空的白板，但依然能随意自由地安排声音的节奏和宇宙的韵律，把不可言的更加崇高的东西隐藏在白板之后，或甩在边框之外，毕竟，深邃的思想不是用标点符号标注出来的。

每当思想像落日奇观顺着回忆的手指缓缓舒展开来时，一种沉默静谧的形式就会伴随着响亮的音节在肉感的键盘上自行跳出来，虽然不像钢琴键盘或琴弦那样循规蹈矩，却也能在一种娴雅的温顺中用进退自如的手指抚弄不受乐谱约束的乐音。这又好比吸烟者扔掉烟卷，代之以叼在嘴上的烟斗，这样，就可以在烟雾缭绕中腾挪出十指来抚弄那凝固智力的键盘了。静寂中，十指深情地触动键盘上的数十个按键。思想是自由的，手指是自由的，计算机前的人也是自由的，但毫无疑问，也是受控的。键盘是静止的、固定的,仿佛孤独的蛮荒的田野,你在一个有利的、远近适宜的地点将其一览无余,远处模糊的林,近处争艳的花,天上无常的云,而一旦俯身细看,才发现那承载着宇宙之终极性和自然之无限性的东西就在不经意的脚下,那不曾留意的放纵的脚步总会使它们逃之夭夭。

  太阳溜进天际后被粉碎的点点星火穿过无缝隙的空气向我袭来,灼焦我的皮肤,刺痛我的感觉,让我那无偿的放纵稍有一点收敛,去捡拾那由嫣红变成暗红最后终将奄奄一息的赤红的欲火。晚霞中有一种被称之为暮色的、庄严而又缥缈的宁静,面对它,任何一个声音,任何一个词语,任何一种色彩都是多余的、挥霍的、奢侈的,些微的浪费都会让你承受一种难以制服的愧疚。那被拉到没影处的红与黑反过来无情地击打着山、水和近处的草,在无声的搏斗中把田野的逃遁汇聚成一种无言的天籁的伟大,与此同时,奔放不羁的梦幻般的怡悦也会随着湖面上紫红的流云闪耀蔓延,把城市里由数字、符号和消费搭建起来的平庸在灰蒙蒙的喧哗中倾圮。只有无知的却又喜欢卖弄的人才乐于在大庭广众之下炫耀自己的并不属于孤独的天分,或并不属于思想的勤奋,或纯属于梅毒泛滥一般的愚蠢的干瘪的机械性重复的滔滔不绝。

  当秋日落霞的奇观与冬日凌晨的战栗相遇时,两端地平线的锋芒便会在黑夜和白昼的相遇中显露出时光的飞白，燃起沉睡已久的正义与猖獗一时的谎言之间的熊熊烈火。烈火中，厚厚镜片后的黯淡无光将随着面黄肌瘦的丑陋化为灰烬，而思想将在晶莹剔透的眼神里和丰腴润泽的面庞上喷薄而出。我再次回到这无纸笔的肉感的键盘上，在迫不及待的美神的注视中，向沉入水中的落日或冉冉升起的晨光发出最后的呼喊，在自惭形秽的忏悔中唤起诗的鸣唱和思的节奏。

键盘是有限的，而键盘上喷薄而出的音乐则是无限的。我的手指停留在有限的键盘上，而思想却在无限的看不见的上空飞旋。

塘中鱼

初夏的每一天，我都在那生机勃勃之后的平凡怠惰慵懒中度过。在这多风的季节，我和我的同伴大多穿着红色的外套，也有黄色的，红黄相间的，花白的，银白的，灰白的，而很少有纯白的。时不时地由于时间的充裕，我来到在万恶的封建时代只供皇族游玩观赏的人称园中园的这独一去处，体味湖面上由于搁置而凝滞的散漫，顺便看一眼那些趔趄蹒跚的杂草所羁绊的水面上不断受阻的光点。

我和我的伙伴们由于体态富贵，衣着鲜艳，更由于体重过分而显得异常淡定，被尼采比作过激的现实派的对立面。我们常常斜倚在莲叶下、苇丛中，或与侵犯我们水域的各类水族禽类为伍，成为猎奇者勃勃兴致、浓浓趣味、炯炯目光的众矢之的。实际上，他们对我们鱼族尚不十分了解。或许，他们花哨无缘的目光只顾及光鲜的外表、绚丽的色彩，无视给鱼族显贵和非鱼族食客增积牙垢的小黑子们，才把目光集中在我们身上的。实际上，真正的大多数正是那些身穿黑大褂、体态轻盈、步履迅疾的大大小小的黑子们。他们成群结队，隐藏在幽暗沉寂、怪象丛生、暗藏杀机的影子里，或游入纯净澄澈的毫无分辨率的白色，或在悠悠迷幻几乎没有回旋余地的沟岔子里无恐无惧地闲荡。也恰恰由于这些特点，它们才为人们呆滞而有罪过感的目光所忽视，也因此而比我们享有更大的自由。

有一次，我在午后昏昏欲睡的沉寂中被辽远的蕴藏着无限玄机的面积压弯了腰，于是挺起身抬起眼透过冷银般的镜面看了看岸边的毫无意义的悠闲。我的目光像侦探的眼睛一样掠过了匆忙的奇形怪状的似抢了钱包后迅速逃跑的脚，O形的和外八字的令人万念俱灰的脚，以及像拖着巨大的十字架几千年也不曾挪动几步的脚。突然我的目光停在了我这双猎人的警觉所从未曾瞟过的两只细棍上。它们建基于睡在粉红色高跟鞋里的一副骨突的脚上，尖和跟与倒立着的芭蕾舞腿呈垂直状，尖与其上的有如离弦之羽箭的腿构成了直线。从我的角度看，脚、小腿和大腿这三部分现已团结一致，化成一线，拧成了一股绳。

细观之，这拧成一股绳的统一战线并非总是呈现肉体的桂色，而是不断变换着，仿佛三伏天的云、大姑娘的脸，刹那相续无常。在我的阅历中，这只叉状承载器每次出现都变其色，易其容，尽显现实浮光的丰富多彩。

唯一不变者是其上端坐落的重而肥、臃而肿、华而贵、幅员辽阔、地旷物稀、为炫耀故而几无遮蔽的那片废墟。不知是否与我出于同一原因，许许多多或粗壮、或纤弱、或铿锵、或踉跄的各色脚力也见之戛然止步，窸窣磨蹭，渐行渐远，最后也和我一样，在滔滔奔流的失望中勉强被留下一长串花多少时间也背不下来的数码，悻悻然逃之夭夭。

脚与腿呈垂直状的看客一般都是匆匆过往，她们大不过是情场失意、商场失钱、官场失权、自尊严重受挫而来这里找寻一丝染上时光之飞尘的安慰。她们却又吝啬无比，在求实的年代自己求实却不给我们带来任何实际的好处，反倒抢了我的风头。我遭到冷落：白眼、冷眼、斜眼、无眼，统统向我袭来，直到被抛弃的叉状废墟也抛弃了比落日奇观还要奇幻的凸凹不平的奇景。

想想中国人岁末餐桌上的年年有鱼，想想认为鱼只在莲之东南西北戏耍的诗意误读，再想想我们鱼族悠久的历史、繁多的品种、优质的营养和被人类视为至宝的油、胶、粉、刺，再回过头来受这叉状承载器的连累而遭到冷遇，实在心有不甘。她们竟然为日久发臭未能闪亮飞出雏鹅的天鹅蛋的高贵而夜不能寐，却置我等豪华尊贵于不仁，这是何等的令人难以排解的夏日的嘲讽和长夜的忧愁啊！于是我毅然决然地与人类断绝关系，依旧保持我对出淤泥而不染的荷花的敬仰,对千姿百态、相互缠绕、不离不弃的水草的欣赏,对倒挂水中、冷寂沉郁、过早散入秋色的倒影的同情怜悯。在如此嶙峋的瘦水中,在如此不公的泥塘里,面对叉状承载物的苔藓,奈我予何?

燕 子

（又在六月。献给雏燕般的童年。）

妈妈去世那年我42岁。至今令我遗憾的是，她走的时候没有最后看一眼她曾经住了近五十年的那栋三间草屋。听妈妈说，我就是在那其中的一间屋子里出生的。

房子是泥木结构，自然透出十足的乡土气，也因此吸引了许多非人类的飞禽走兽，其中我永远不能忘记的就是燕子，或许因为燕子的窝也是泥木构筑的。

三间草屋的东西两间是住人的；中间那间有三口灶锅，两口是给人用的，一口是给猪用的。其余地方放些柴火和杂物，而屋顶的房梁则是专留给燕子筑窝的。每年春去夏来，都会有三五只燕子从南方飞来，先住进往年留下的燕窝，然后再修缮，或重新搭建。每年这时，妈妈都特别高兴，像是与老姐妹们重逢。

除了中屋房梁，外面屋檐下也筑有三两燕窝，每年亦有三五只燕住进，垒窝繁衍，每天叽叽喳喳，热闹非凡。屋里屋外，每年居燕十几只，加上每年孵出的雏燕，这五十年来累积起来，算来也有几百只了。

学龄前那会儿，天热了，耍累了，我便扶在屋檐下的窗台上，眼巴巴地望着窝里的雏燕。它们娇小可爱，纤纤翅嫩，细细呢喃，静静等着燕妈妈衔来蠕虫，饱吃餍足。有时，我会踮起脚，伸手去摸那窝。个头儿稍高一点后，也曾掏过窝里的蛋。而每次都被妈妈发现，她说不该掏燕窝，老天爷说掏燕窝的人会眼瞎的。她还说，那些蛋就是燕妈妈的孩子，就像我和姐姐、哥哥和妹妹们，也是妈妈的孩子一样。然后她会轻轻地把蛋放回燕窝里。燕妈妈回来，朝窝里看了看，再飞过来，朝屋里的我和妈妈望了望，看起来很满意的样子，就拍着翅膀捉虫去了。

每逢大雨来临，燕子都会飞到房顶，整齐地排在房脊上。妈妈看到后，就说大雨要来了。遂提起篮子，有时也叫上我，去地里摘些黄瓜、茄子、豆角，留待雨天里吃。去柴垛上抱些干柴回来，留着雨天里烧。

秋天来了。天凉了。燕子照例要去南方。每次看到它们一行行飞去，妈妈总有些伤感。我却不在乎，反正它们明年夏天还是要回来的。这里才是它们的家。就这样，年复一年，燕去燕归，一晃我也离家几十年了，没了燕子的音讯。父母去世后，那栋老房子也拆除变成了玉米地。燕子也就永远住进了我的记忆。

我女儿小的时候，曾学会唱一首"小燕子，穿花衣"的歌，每当她唱起，燕子就随之飞回到我的记忆中来。如今，她的女儿也会唱了。每次听到她那稚气的歌声，我都会想起那栋老房子屋里屋外的燕窝，燕窝里的蛋和雏燕，当然还有妈妈呵护下的那雏燕的童年。

妈妈最后病重期间，曾经告诉我，说那年中秋节当天（也是母亲的生日），家里来了很多很多的燕子，从早到晚，落在屋里的梁上、屋外的檐下、院子里的栅栏上，当然也同样整齐地排在了房脊上，叽叽喳喳地叫个不停。妈妈说它们是来与她告别的。这一辈子除了自己翅膀下的七只小燕子外，还有每年飞来飞去的几百只燕子，也有她精心喂养的猪、牛、鸡、鸭、鹅、猫和狗。这是她生活的全部。

燕子的确像在教科书中一样，在微风中、在阳光中、在细雨中、在天空中斜着身子掠过，由这边的稻田飞上了那边的柳树。或横掠过湖面，尾尖沾着水，留下一圈圈荡漾的波纹。而对于我，却只有记忆中母亲屋檐下曾经留驻过的现已不复再来的那些懂事的燕子，当然，还有我那雏燕般的童年。

小　路

小时候，我不知道有公路、高速和铁路。在有限的走动中，只要路面宽过马车的两个车辙，就谓之曰大路了。砖铺的路，水泥的路，柏油的路；火车，飞机，梦里都未曾想过。

但我面前也有路，很多的路。我走过田埂，走过地垄，走过遍布荆棘的山坡，走过拖泥带水的塘洼。我蹚过盛夏暴雨后齐腰的洪水，跋过严冬里没膝的积雪，也曾奔跑在漫无人迹的荒野里。那时候，我眼前无路，但每迈出一步却又都是路。

我曾经走在不是路的小道上，注视着旁边沟渠里出乎意料的动静。赤着的脚不时地陷入常年累积的污泥，感觉那污泥的柔软和温和。

我曾经走在稻池间的田埂上，望着沉甸甸的稻穗谦恭地颔首微笑，憧憬着白白的米饭散发出扑鼻的香味，分享着农民期盼秋季丰硕果实的莫大喜悦。

我也曾经走在坑坑洼洼的乡间小路上，路边长满了葱葱郁郁的野花和小草，草丛中各种昆虫不时带来突如其来的震惊，我会随之进入童话的奇幻世界。乡野村童那颗朴素的心尚不能理解那首靡靡之音浪漫的含情。

那时候，路边沟渠里养着又肥又大的鲫鱼和鲶鱼，闲来有空抓一两条奉献给家里摆着粗米淡菜的餐桌，我能看到妈妈眼里那份善良的责备，也能看到父亲眼里那股想要吃着鱼肉喝一盅小酒的急切。

那时候，我会走在无路无径的山坡上，钻进茂密的松林里，在夏季多雨潮湿的季节，采摘一颗颗戴着浅红色帽子的松蘑，每采到一朵都会抿一下嘴唇，吧嗒吧嗒妈妈锅里松蘑炒白菜的味道。

那时候，我也会走在早晨六点钟的林中小路上，在清新的空气中计算简单的数学，背诵不怎么理解的诗文，琅琅的书声总伴随着鸟的清脆的鸣叫，还有林中小河流淌的汩汩声。

路是自己走的，但必须有选择的自由。没有选择，路便不是路。路是运动，是学习，是尝试。只要选择了，走了，就有收获。路于是具有了并非其字面意思的意义。

路，林中路，乡间路，湖边路。它漫长而短暂，它崎岖而平坦，它曲折而延展。我从无路走到有路，从小路走到大路，从陆地走到海空，历经坎坷，跌跌撞撞，行路数万里，未留一丝痕迹。所谓大道青天，得出甚少。

而今年至耄耋，见路之尽头，感路之修远，悟道之缘深，知难而归元。而方得始终者，莫过于雨中踏青、雪中求炭的一缕小路情怀。

遮 蔽

一种单纯的赤裸,一种纯粹的赤裸,一种本真的赤裸。物,本都是赤裸的。在一个不经意的时刻,一个物种出现了,一个不该发生的事件发生了,一个一经发生便成了永恒轮回的事件发生了。这使赤裸成了问题。

《旧约》中的亚当和夏娃在被创造之时是赤裸的,在打开"心眼"之前是赤裸的,在基督教圣像中也是赤裸的。甚至在被诱惑也即堕落之后,即使是遮蔽,也只是极小的局部遮掩。据说,他们并非没有遮掩之物:他们穿着"恩典之衣""荣耀的外套"。堕落之后,这件"超自然的""荣耀的外套"被剥去了,取而代之的是上帝亲手给他们缝制的皮衣,用上帝亲手创造的动物的皮制作的皮衣。兽皮代替了人皮,兽皮遮蔽了人体。"外套"成了遮羞布。从此,衣着便有了特殊的意义。圣子基督来到人间后,或许由于动物的抗议,皮衣换成了白色亚麻布外套,动物同胞们才不再被剥皮显露本真之肉身了。

问题是,既然赤裸是本真的,为何要遮蔽?既然亚当和夏娃的身体是圣洁的,为什么要用"神衣""外套"和"皮衣"遮蔽?遮蔽就是掩盖,就是隐藏,就是说谎。或许因为说谎或遮蔽既不是十诫之一,也不在七宗罪之列。善意的谎言,危急关头的救命谎言,几乎在所有文化中都是允许的,古希伯来文化也固然理所当然,而在马基雅维利那里,则变本加厉!抑或:说谎就是为了遮蔽,就是为了不让真相败露,就是为了使已被遮蔽的本真再隐蔽。这就是本来简单的事情变得愈加复杂的原因。

赫拉克利特说自然爱隐藏,说的是自然有许多不为人知的秘密。无论科学技术怎么发达,大千世界之秘密永不枯竭。不但秘密本身源源不断,就连被去蔽的秘密也会再度被遮蔽。于是,赫拉克利特之后,一切都被戴上了面纱:阿尔忒弥斯的面纱,伊西斯的面纱,自然秘密的面纱,存在之奥秘的面纱,还有死亡的面纱。哲学从此有了可乘之机。难怪就连后现代,也有那么多遮蔽复遮蔽的面具。

普鲁塔克率先亮出伊西斯的面纱,这位女神也敢大言,说我是过去、现在和未来,不曾有凡人揭开过我的面纱!康德认为,这句大胆的铭文也许是最崇高的言说。希勒更具联想力,认为既然这位女神是埃及神,那对摩西一定影响很大,因此可视为一神教的源头。而尼采则把矛头对准自诩为现实主义者的思想者们,说他们揭开面纱之后看到的是他们自己那副可爱的嘴脸,现实和世界就是他们所看到的、所认为的、所阐释的那个样子,因此也在遮蔽。

哲学的确不能清楚地说明那面纱之后究竟是一副什么面孔,科学也很难,因为揭开面纱的是阿波罗,是音乐和医药之神,代表艺术和身体。况且,在那幅画上,被阿波罗揭开面纱的伊西斯脚下放着一本歌德的《植物变形》。这是洪堡书中的一幅插图。按歌德自己的说法,把自己的书放在了伊西斯的脚下,这暗示诗歌可以揭开自然的面纱,进而暗示,自然隐藏着无数的秘密,并用不同的面纱遮盖着。这些面纱之下是一个巨大的无序。柏拉图认为这个无序的现象界由一个有序的理念界主宰着,他因此被后人称为理念狂。亚里士多德试图通过分析这个无序的世界来建构无序中的有序,结果发现运动才是自然的本原:万物都在运动,无时无刻不想要成为它本来所是的东西。卢克莱修断言,自然是戒备的,无时无刻不把原子的奇观隐藏起来。于是,本来看似一个事件、一次运动、一股力量,最终成为无限。即,有限隐藏着无限。自然把自己隐藏在面纱背后。可见之物始终隐藏着不可见之物。

结果,赤裸并不赤裸,纯粹并不纯粹。实在的本真一直被隐藏着。而且,每一次人为的去蔽都是一次更深的遮蔽,每一次阐释都是误读。思想史就是误读的历史。宇宙之奥秘,莫过于此。

诗人与批评家

诗人就像考古学家或人类学家,把过去的碎片一个一个从废墟中挖掘出来,将其拼凑起来,并赋予某种单一的意义,摆放在博物馆里,让人们去领悟其中的奥义,或人类,或自然,或文化,或国族。但真正能给这些碎片赋予文明的多义性,使之具有历史之现实性的,当是诗歌的批评家。因为依据废墟的碎片来描述废墟、阐释废墟的,只有作为读者的批评家,或作为批评家的读者,才有这份闲趣。

在这个意义上,诗人就像策展人,但其高于策展人的地方在于他/她不是随随便便地把碎片摆在那里,或出于历史的需要、审美的需要、商业的需要、意识形态的需要,而是为了表达一时的情绪,也即诗人情感与理智在那瞬间的结合,好比雪莱的西风、济慈的古瓮、华兹华斯的水仙花。或把日常的观察融入生活的思考,进而对现实世界进行批判,如艾略特的荒原、里尔克的被风蚀的脸、波德莱尔的恶之花。甚或把瞬间的激情赋予永恒的行动,像惠特曼;或把生活的碎屑变成美,像史蒂文斯;或把平凡的一瞥变成千古之谜,像博尔赫斯。

诗人从不解释。诗人从不阐释。诗人只是给来自物质现实的能指赋予某种不确定的概念,使之变成一个符号,而这符号的意义却又需要读者去领悟,甚或在领悟之中无尽地漂浮。诗人呈现,唯只呈现,而把阐释的任务留给了作为读者的批评家。批评家为何阐释?仅仅为了说明西风是革命性的,而夜莺是伤感的;仅仅为了道说庞德何以把地铁站里拥挤的脸变成了湿漉漉的花瓣儿,使脸成为非脸;仅仅为了揣摩究竟是弗罗斯特还是他的坐骑要在雪夜停在林边,甚或仅仅为了知道莎翁笔下那个黑肤色的女人究竟是他的女友还是他的妻子,甚至是与他有同性之恋的某位男性贵族。

这样的阐释无异于八卦,而修辞或文体的阐释则无异于语法学习。真正的阐释不是还原也不是揣摩,而是进入创造的过程。是站在废墟上重建历史,在碎片中窥见整体,在谎言中寻找真实。总言之,蹚过能指的浑水,进入意指的过程。批评不是考古学家的历史想象,不是语法学家的规则制定,也不是人类学家的修修补补,当然更不是家庭妇女的西扯东拉。批评是理性的,或许没有诗人创作时的那股激情;批评也是知性的,同时也或许需要一点面对现象界的感性。但最重要的是,他必须懂得如何表达。

批评家不是语法学家，不是革命家，也不是社会改良家。他不应该把修辞技巧作为诗歌评判的标准，不应该把党派政治当作诗歌的内容，而应该超越个体的人生而达到人生的总结，利用历史而又摆脱历史的痕迹，成为时间截面上的一个闪光点。批评家不是一个个体，而是代表进行思考的一种品质。他怀疑，也对怀疑产生怀疑，由此而使趣味更加敏锐，良知更加真诚，思想更加深邃。真正的批评是自发的，口头的，有教养的；是在有趣的谈话中进行的，因此也在时间的运动中体现直接的多变的本质。